늑대가 송곳니를 꽂을 때

늑대가 송곳니를 꽂을 때

ⓒ 이광재

1판 1쇄 발행 　|　 2024년 6월 24일

지은이 　|　 이광재
펴낸이 　|　 정홍수
편집 　|　 김현숙 이명주
펴낸곳 　|　 (주)도서출판 강
출판등록 　|　 2000년 8월 9일(제2000-185호)

주소 　|　 서울시 마포구 동교로17안길 21 (우 04002)
전화 　|　 02-325-9566
팩시밀리 　|　 02-325-8486
전자우편 　|　 gangpub@hanmail.net

값 14,000원
ISBN 978-89-8218-344-7　　03810

이광재
소설집

늑대가
송곳니를
꽂을 때

차 례

늑대가 송곳니를 꽂을 때

늑대의 가장 뛰어난 무기는 송곳니다.
늑대는 자기를 지키거나 남을 죽일 때 그것을 쓴다.
—데 남닥, 「늙은 늑대가 울었다」 중에서

칭기즈칸 공항에 마중 나온 문수는 나를 발견하자 허연 이를 드러내며 웃었다. 주욱 찢어진 눈에 광대뼈가 불거진 몽골인 바타르가 옆에 서 있었다. 두 사람은 듬성듬성한 수염을 깎지 않아 다소 거칠어 보였고, 피부는 볕에 그을려 구릿빛이었다. 문수의 소개로 바타르와 악수를 나눈 나는 그들을 따라 천천히 공항 대합실을 빠져나왔다. 바타르가 가방을 받아 들더니 일제 사륜구동 지프에 실었다.

바타르가 운전대를 잡고 문수는 조수석, 나는 뒷자리에 탔다. 벌써 초원이 시작된 건지 푸르게 펼쳐진 초지 위를 지프는 시원스럽게 달렸다. 넌 몽골 사람 다 된 거 같다? 내 말에, 그래 보이냐? 난 여기 체질인가 봐, 실없는 소리를 지껄이며 문수가 낄낄거렸다. 자이승 전망대에 올라가 울란바토르 시가지를 먼저 보자구. 이어진 문수의 말에, 아니, 이대암 추모공원이 먼저지. 내가 순서를 바꾸자고 했다. 문수가 고개를 주억거리는 사이 차는 울란바토르를 싸고도는 톨강과 검푸른 숲을 아래에 두고 한참을 구불거려 내려갔다.

오직 문수에게만 나는 이대암에 관한 소설을 쓴다고 고백한 바 있다. 1911년 세브란스 의학교를 졸업한 이대암은 독립군 군관학교를 설립하려고 울란바토르까지 건너와 동의의국(同義醫局)을 세우고, 청나라가 퍼뜨린 화류병(花柳病)을 절멸시켜 몽골을 구했다. 레닌 정부가 지급한 독립 자금을 상해에 운반한 사람도 그였다. 1921년 러시아 혁명정부에 반기를 든 백군과 이를 지원하던 일본군의 간계로 운게른 부대에 의해 살해되기까지 짧았으나 그의 삶은 파란만장했다. 때마침 학교 선배 김만호를 좇아 망명길에 오르는 이대암의 모습을 모니터에 담아나가던 나는 문수로부터 몽골까지만 날아오라는 전갈을 받았다. 아귀 틀어진 집을 짓는 듯한 불길함 속에서 자판을 두드리던 내게 그의 전화는 구원과 같았다.

울란바토르 남쪽 고급 아파트 단지 옆에 오도카니 자리한 이대암 선생 추모공원은 황량하고 스산했다. 뭔가를 기념하는 곳이 늘 그렇듯 공원을 에두른 벤치와 선생의 이름이 새겨진 비석에 먼지만 켜가 두터웠다. 나무가 드문 나라인데 어린 나무 몇 그루가 공원 가녘에 서 있는 모습이 그나마 특이하다면 특이했다. 과연 이대암에 관해 나는 무엇을 볼 수 있을까. 이십 년 만에 다시 소설을 쓰면서 왜 그를 주인공으로 선택했는지 누가 만일 묻는다면 나는 모르겠다고 하거나 그냥이라고 말할 것이다. 혹은 요즘 말로 꽂혔다고 하거나. 그러나 그게 어느 쪽이든 그가 건넌 사막을 건너고 그가 디딘 초원의 풀들을 바라볼 것이며, 그가 맞았던 바람을 느끼고 그가 쏘인 햇빛을 모공에 담아둘 것이다. 그러며 한 인간이 스며들기를 조용히 기다려야 한다. 햇빛과 바람이 내 안에 들어와 육화되기를 기다리듯이. 태양빛에 뜨거워진 추모비를 향해 묵념도 없이 나는 묻는다. 이대암, 당신은 누구입니까.

추모공원을 나와 우리는 자이승 전망대로 향했다. 울란바토르가 한눈에 조망된다는 전망대는 시 외곽의 민둥산에 모자처럼 얹혀 있었다. 전망대까지는 경사면을 따라 계단이 이어지는데 발코니처럼 돌출된 중턱 공터에서 검독수리를 보았다. 중년의 몽골인이 가죽장갑 낀 팔에 독수리를 올려놓고 팔뚝에 잠깐씩 올려보는 값으로 얼마씩을 받겠다고 호객했다. 균형을 잡으려고 날개를 퍼덕일 때 독수리는 위용을 드러냈지만 놓아먹인 수탉과 다를 바 없는 깃은 성글고 먼지를 타 추레했다. 무엇보다 먹이를 찾아 두리번거릴 땐 찌를 듯한 빛을 내쏘고, 경계를 풀면 무구해지던 눈동자가 사람 손에 길들여져 흐릿해진 것 같아 아쉬웠다. 아마도 그때 나와 여자는 독수리의 그 눈에 반했었던 것 같다. 애초에 검독수리의 눈이 얼마나 천진한지 보러 가자며 그럴 리 없다는 여자를 꼬드긴 건 나였다. 그날 우리가 동물원에 도착했을 때 철망 속 나뭇등걸에 앉아 독수리는 등으로 눈을 맞았다. 검은 깃에 흰 눈을 뒤집어쓴 독수리는 갇혀 있었지만 늠름했고 눈은 고아하며 맑았다. 아니 그건 정확한 표현이 아닐지도 모른다. 독수리는 독수리였고, 그 자리엔 그것을 근사하게 생각하는 내가 있었다. 독수리의 몸에 발광체가 있는 게 아니라 그것을 주시하는 내 몸에서 꽈리가 터졌다. 그러니까 우리가 사랑에 빠진 건 검독수리 때문이 아니라 각자의 내면에서 폭죽이 터진 탓이었다.

울란바토르 호텔에서 내일부터 동행하게 될 뭉흐를 포함해 나와 문수, 바타르는 안주 없이 보드카를 마셨다. 뭉흐는 키가 크고 균형 잡힌 체형에 몽골인답지 않게 피부까지 희멀건 미남이었다. 문수는 바타르가 모는 차를 타고 나는 뭉흐가 운전하는 차에 탈 예정이었다. 여행객이라야 친구와 나뿐이지만 사막에서는 기계가 어떤 말썽을 부릴지 모르니 차 한 대로 고비를 건널 생각은 꿈도 꾸지 말라고 했다. 늑대 앞에서 인간은 갈가리 찢기는 존재라는데 뭘. 와이파이가 터져 술자리가 끝난 후에 보니 많은 문자가 들어와 있었다. 그러나 시골 형님의 문자는 보이지 않았다.

줄친 고비의 여행자 숙소에서 아침을 먹을 때 우리는 늑대를 입에 올렸다. 혹시 늑대를 볼 기회가 있어요? 한국에 체류한 적이 있어 한국말에 능한 바타르에게 내가 물었다. 늑대없어요. 바타르는 몽골인 특유의 사족 없는 정보만 입에 담았다. 몽골인은 말해도 소용없는 것은 말하지 않는다. 이를테면배가 고프다든지 덥다든지 춥다든지. 기온이 떨어지면 춥고해가 작렬하면 더운 법이다. 먹을 게 없는 사막에서 배고프다고 징징댄대야 들어줄 사람도 없고 음식이 생기지도 않는다.

여름엔 말야, 먹을 게 많기 때문에 늑대들이 산으로 올라간다구. 기름기를 뺀 바타르의 정보에 살을 입힌 건 문수였다. 그러다 눈이 내리고 세상이 얼어붙으면 아래로 내려오지. 하지만 절대 가까운 게르엔 접근하지 않아. 먼 곳까지 가서 가축을 잡아먹거든. 왠 줄 알아? 유일한 천적이 인간이기 때문이야. 지들 근거지 근처의 인간과는 휴전협정을 맺자는 신호라구. 달리기를 위해 유일하게 단식을 할 줄 아는 동물, 인간의 힘으로는 결코 길들일 수 없는 존재. 크으, 자존심의 화신이지. 바람피운 아내에게 집과 사업체를 넘겨주고 행복을 빈다는 말까지 남긴 후 몽골로 넘어온 문수는 아예 몽골인으로살 작정을 한 것 같았다. 그는 명사를 동사로 만드는 몽골어의 이치와 우리말이 그렇게 될 때 어떤 동일한 법칙이 적용되는지, 혹은 단수를 복수로 만들 때는 어떤 동질성을 보이는지설명하기도 했다. 그러나 그런 말은 흩어지고 호랑이는 길들여도 늑대는 길들이지 못한다는 말만 가슴에 남았다.

쥴친 고비의 여행자 숙소를 출발해 거칠 것 없는 초원을 달려 우리는 독수리 계곡 욜링암에 도착했다. 그곳 매표소에서 바타르와 문수가 입장권을 구매하는 사이 토산품이 전시된 세 채의 게르를 순례했다. 양이나 소가죽으로 만든 가방이며 짐승의 뼈를 깎아 만든 팔찌와 목걸이, 청동으로 만든 칭기즈 칸 흉상과 칼 등속이 눈에 띄었다. 그 가운데 나를 사로잡은 건 목걸이와 팔찌 같은 장신구가 매달린 마지막 게르의 진열 대였다. 특히 조악한 묵주 끝에 매달려 빛을 발하던 어떤 것이 눈을 붙잡고 놓아주지 않았다. 통통한 몸통으로부터 유능한 세공 기술자가 갈고 닦아 뽑아낸 듯한 초승달 모양의 곡선과 날카로운 마무리. 돌로 깎았다고 하기엔 너무 자연스럽고 상아로 다듬었다고 하기에도 날것의 굴곡이 너무 생생해 대량으로 뽑아낸 공산품 따위와는 차원이 달라 보였다. 끝에 정교한 장식을 붙이고 고리를 달아 목에 걸도록 세공한 물건을 진열대에서 내려 손바닥에 올려놓자 심장 뛰는 소리가 먼저 들려왔다. 말이 아닌 신음으로만 표현되는 어떤 매혹. 간밤의 원고에서 어느 높은 존재가 써주고 간 듯한 문장을 만났을 때 가슴을 채워오던 울음 같은 희열. 자리에 붙박인 나를 뒤에서 넘겨다보던 뭉흐가 어우우, 입술을 모아 늑대 소리를 뽑았다.

한 쌍의 송곳니를 들고 게르를 나서는데, 저게 날아가는 참새 거시기를 봤나? 왜 흥분하고 지랄이야? 문수가 나를 보며 피식거렸다. 내가 송곳니 한 쌍을 들어 보이자 그가 슬로모션

처럼 느리게 웃음을 걷어냈다. 어른 늑대 아녜요. 덜 자란 놈
이죠. 송곳니를 가리키며 바타르가 말했다. 나도 모르는 소리
가 내 입에서 나왔다. 아, 청년 늑대.

둥게네 협곡은 비가 오면 강으로 변한다고 한다. 그러나 날
이 가물어 우리가 탄 차 두 대는 바위틈 사이를 아슬아슬하게
통과했다. 차창을 통해 보이는 바위는 함유된 철분이 산화돼
검붉었다. 머리를 쳐들어도 꼭대기가 보이지 않아 그 검붉은
바위가 하늘에 닿았거니 여겨졌다. 수천 개의 늑대 이빨을 꽂
은 듯한 단애 곳곳의 돌조각 때문에 둥게네 협곡은 깻잎 몇 장
새로 빠져나가야 할 난코스가 즐비했다. 그런데도 바타르나
뭉흐는 단 한 번 후진하는 법도 없이 그 구멍을 뚫고 나갔다.
협곡을 삼십 분쯤 통과한 후 평평한 공간이 나타나자 차가
멈추었다. 바위 위로 냇물이 흐르고 위에서 쓸려 내려온 모래
가 몽근 입자를 드러냈다. 차에서 내린 바타르와 뭉흐가 바위
에 엎드려 냇물을 마시는 사이 나와 문수는 고개를 들어 절벽
의 높이를 가늠했다. 이곳이 서툰 나에게 시간과 공간 인식
은 언제나 오류를 각오해야 한다. 그건 거리나 길이도 마찬가
지여서 눈앞에 보이는 것들마저도 언제나 내 판단을 비웃었
다. 당연히 나는 까마득히 솟은 단애의 길이도 함부로 예단할
수 없다. 그러니 그 절 해우소를 돌면 펼쳐지던 절벽이 이보
다 긴지 짧은지 알 방법도 없다. 계곡을 끼고 걷다 구름다리

를 건너 도착한 사찰 옆 낭떠러지엔 소나무들이 매달려 있었고, 밑에는 수림이 펼쳐져 단애의 길이를 가늠하기 어려웠다.

내가 맥주 한 깡통을 들고 그곳에 오르던 날 봄은 흐드러져 꽃향기가 올라왔다. 그곳 펑퍼짐한 바위에 돗자리를 펴고 중년 남녀가 준비해온 김밥을 먹었다. 나는 맥주 깡통을 비우고 바위가 시작되는 곳에서 도약해 아래로 뛰어내릴 작정이었다. 충동적이었으나 그건 직장 생활을 접고 귀향할 때 이미 싹튼 결정이었는지 모른다. 야심차게 진행한 프로젝트가 실패로 귀결된 게 내 탓만은 아니었지만 나는 사표를 던졌다. 그런 실패가 찾아오기를 기다린 사람처럼 일말의 망설임도 없이 결행한 퇴사였다. 오피스텔 생활을 접고 고향으로 내려오는 버스 안에서 나는 물었다. 이젠 뭘 하지? 책상 서랍을 뒤져보면 출판사에서 외면받은 이십 년 전 원고가 봉인돼 있을지 모르지만 그건 당키나 한 일인지. 처자를 건사한다고 이십 년을 떠돌았는데 정말 그런 이유로 막막함 속을 헤맸는지 확신할 수 없었다. 이젠 뭘 하지?

제 짝이 아닌 게 분명한 두 사람은 나지막한 이야기를 주고받으며 김밥을 먹었다. 나는 멀찍이 떨어져 맥주를 홀짝거리며 그들이 사라지기를 기다렸다. 그러나 그들에게는 찰나였을지 모를 시간이 내게는 결심을 누그러지게 할 만큼 멀고 길었다. 그들은 일어날 기미를 보이지 않았고, 맥주 깡통이 먼저 바닥났다. 하는 수 없이 산을 내려와 다음 주에 또 그곳을 찾았다. 나를 방해할 사람은 눈에 띄지 않았지만 맥주만 비운 채 다시 하산해 어느 모퉁이에 차를 세우고 앉아 있었다. 무엇을 보는 것도 아니고, 눈을 감은 것도 아니며, 눈물을 흘리지도 않고, 어디로 가겠다는 생각도 없이 오래 앉아 있었다. 모든 것이 증발해 사막처럼 변한 세상에 혼자 남겨진 사람처럼.

다음 주에 그곳에 올라 맥주 깡통을 비운 나는 끝이 가늠되지 않는 아래를 우두커니 바라보았다. 두려움인지 망설임인지 모를 순간이 송홧가루를 터는 바람처럼 나를 스쳐 갔다. 어쩌면 내게는 사는 것이 아니라 죽는 일이 엄중했는지 모른다. 죽음이 어디 육신의 스러짐만을 의미하던가. 당사자에게 깃든 우주의 크기나 채도와 상관없이 죽음은 모든 것을 단숨에 무화시킨다. 한 인간에 의해 새롭게 피어난 미각과 색깔들, 그가 느낀 사랑과 슬픔, 혹은 세계에 대한 모든 가능성을 소멸시키고 언제 들어앉았는지 모를 꿈이랄지 바람까지도 폐허로 만든다. 그렇지만 그 모든 응결을 단숨에 베는 찰나성으로 죽음은 빛나지 않던가. 무책임하지만 그토록 간결하고 명쾌한 회피는 세상 어디에도 없다. 빛이 나면 나는 대로 어두우면 어두운 대로 당자의 의식을 무 썰듯 끝내는 형태로 죽음은 사막의 티끌처럼 모든 걸 침잠시킨다. 그렇다면 그보다 더 큰 유혹을, 아직은 감내해도 될 무엇을 그때 나는 보았을까. 어느 순간 주문을 외우듯 나는 중얼거리고 있었다. 나는 썼던 자인가, 쓰는 자인가, 쓸 자인가. 썼던 놈인가, 쓰는 놈인가,

쓸 놈인가. 그걸 확인하고 그 무엇도 아닐 때 다시 그곳을 찾기로 했다.

선생님, 사랑은 유효기간이 얼마나 되죠? 수능시험을 준비하는 대입 종합반에서 언어영역을 가르칠 때 그런 질문을 받았다. 교재에 실린 소월의 「삼수갑산」을 이야기할 때였던 것 같다. 탈고한 장편이 출판사에서 반려되고 몇몇 단편도 비슷한 운명에 놓이기까지 몰락은 풍화를 거치듯 느리게 진행되었다. 큰애는 유치원에 다녔고, 작은 것은 분유를 먹었다. 나는 대리점에서 우유를 떼어 가정집에 넣거나 골목 구멍가게에 납품했다. 눈 쌓인 새벽에 오토바이가 미끄러지면 눈에 파묻힌 우유를 찾는 일이 막막해졌다. 그런 나를 친구는 학원에 밀어 넣었다.

소월의 「삼수갑산」에 관해 뭐라고 떠들었는지 기억도 나지 않는다. 이미 서른을 넘긴 여학생은 소월이 아니라 내게서 그것을 보았을 수도 있다. 선생님, 사랑은 유효기간이 얼마나 되죠? 질문의 의도가 사랑이 아니라 사랑의 상처일 거라고 생각하며 나는 함께 독수리를 보러 갔던 여자를 떠올렸다. 학생운동이란 것에 휘말린 내가 감옥에서 출소하던 날 그녀는 원고지를 선물하며 집에 소개할 이름을 만들라고 했다. 하지만 대통령 선거니 민주정부 수립 같은 건 당장의 일로 보여도 그건 숙려가 필요한 일로 보였다. 실상은 원고지를 채울 만큼 나의 내상이 깊지 않았다는 쪽이 맞았을 것이다. 어쨌거나 군인 출신이 대통령에 취임하자 그녀는 의사에게 시집가겠다고 통고했다. 그녀의 눈동자에 눈물이 번졌지만 그건 뱉은 말을 주워 담지 않겠다는 의지로 읽혔다. 가라, 의사에게.

내가 시선을 떨어트렸을 때 질문을 던진 여학생의 눈은 동굴처럼 컴컴했다. 그놈이 보고 싶어? 내가 묻자 눈물이 그렁해지더니 네, 여학생이 기어드는 소리를 냈다. 네가 힘든 걸 안다고 말하는 내 눈을 그녀는 읽었을까. 떠날 때가 아니라 떠난 후 찾아오는 아픔을 안다고, 그래서 육 개월씩이나 거르지 않고 술을 마셨다고, 몸살 때문에 앓아누웠다가도 소주를 마시고 와서야 잠든 사실까지. 나도 어떤 사람이 보고 싶어. 내 말에 여학생이 터지는 입을 주먹으로 막았다. 벨이 울리지 않았다면 내 이야기를 나는 끝까지 하고야 말았을지도 모른다. 몸살을 앓고 났을 때 비로소 책상에 앉게 됐다고, 그렇게 채워진 원고지가 문단 끝자락에 이름을 얹어줬다고, 그게 원래 그런 거라고.

시간이 흘러서야 나는 여학생에게 못다 한 말이 있었음을 깨달았다. 누가 됐든 그 과정을 이미 겪었다는 게 위로가 된다면 내 시린 뼈를 모조리 보여주어야 했는데. 저 먼 어디를 나는 매번 고개 들어 바라본다고, 물불 가리지 않고 뛰어다니는 누구처럼 돈을 벌 생각도 없으며, 어떤 음식을 먹어도 맛을 느끼지 못한다고. 감각마저 잃은 채 연민도 느끼지 못하는 냉혈의 삶을 산다는 말까지. 하지만 여학생이 했던 질문, 사랑의 유효기간으로 내가 과연 앓고 있는지 나는 확신할 수 없었다. 매번 고개 들어 저 먼 어디를 바라보는 이유가 정말 의사에게 가버린 그 여자 때문이라면, 질문을 던진 여학생 같은 사람으로 세상이 꽉 차 있다면 먹성 좋은 인간들의 이 번성을 어찌 설명한단 말인가. 월급봉투를 받아도 감흥을 느끼지 못하고, 맛있다고 소문난 음식이 맹맹할 뿐이며, 밥을 먹다 말고 아내와 아이들의 단란한 모습에 식탁을 둘러엎던 일이 다 사랑 때문이라면 따로 지옥을 만드는 수고 따위 조물주는 하지 않았을 것이다. 버스도 타지 않고 두 시간씩 걸어 귀가하던 일들이 다 사랑 때문이라고? 그 여자를 데려왔는데도 먼 곳을 응시하면 산 채 심장을 꺼내겠다고 누군가 만약 내기를 걸면 얼씨구나 응할 자신이 내게는 없었다. 자꾸 저 먼 어디를 주시하는 일이 사랑 때문이란 말은 그럴싸하지만 거짓이었다.

그때부터가 거친 땅이라는 이름의 고비였다. 풀이 자라면 초원이고 풀이 드물어지다 덤불식물 삭사울이 나타나면 그게 바로 사막이고 고비였다. 둥게네 협곡을 빠져나오자 그런 풍광이 펼쳐졌다. 바타르와 문수를 태운 차가 먼지를 일으키며 달려가면 뭉흐와 내가 탄 차가 뒤를 쫓았다. 앞차 가까이 붙으면 흙먼지 때문에 운전에 방해가 되므로 뭉흐는 백 미터쯤 떨어져 차를 몰았다. 하기야 이곳에서 거리란 놈은 번번이 내 판단을 비켜 간다. 앞차가 구릉을 넘어간 지 한참 후 거기 오르면 흙먼지를 일으키며 무당벌레 같은 게 저 멀리서 달려가곤 했다.

오아시스 마을 바양 달라이에서 점심을 먹고 커피까지 마신 후 또 사막을 달렸다. 바양 달라이가 진정한 사막 같았다. 우리말로는 풍부한 바다라는데 사방을 둘러봐야 바싹 마른 황무지뿐이었다. 그런데 모든 것이 발아버려 새의 나래짓에도 먼지가 날리고 자갈만 달궈져 혼자 부서지는 땅이 장애물도 없이 펼쳐진다는 이유만으로 이렇게 장엄할 수는 없었다. 모든 게 극단 속에 존재한다는 사실이야말로 장엄을 잉태하는 요체가 아닐까. 문수는 한낮 기온이 섭씨 오십 도라고 했지만 겨울엔 영하 오십 도까지 내려가고, 봄이면 바람 불어 먼지 황량하며 눈보라 무섭게 치고, 어쩌다 비라도 내리면 천둥 번개로 세상은 찢어질 지경이라고 했다. 시간마저 증발한 곳, 어떤 자만과 자존심도 하찮고 비루한 것으로 만들어버리는 황폐함의 끝에서 장엄은 피어오르고 있었다.

스피커에서 흘러나오는 가요의 리듬과 멜로디를 뭉흐의 휘파람은 정확히 따라간다. 때로 노래를 따라 부르기도 하는데 가수의 노래 또한 그는 한 치의 어긋남도 없이 따라 부른다. 그러다 황야에 눈을 박은 나를 의식했는지 핸들 옆 버튼을 조작하더니 한국 가요를 튼다. 첫눈 내리는 날 안동역 앞에서 만나자는 다소 유치하지만 그래서 설득력이 있는. 나는 그의 얼굴을 향해 손사래를 친다. 아이 라이크 몽골 송. 내 말에 뭉흐는 씩 웃더니 다시 몽골 가요로 바꿔 틀어준다. 우리의 가요 대부분이 남녀의 사랑을 다루는데 몽골에서는 어머니를 예찬하는 곡의 비중이 그렇다고 한다. 떠도는 남정네가 아니라 어머니가 게르의 주인이라면 초원도 결국 그녀들 차지일 테니까. 그래서 그런지 이들에게는 사랑보다도 모성이 중요하단다. 나는 어머니에 관한 몽골 노래를 들으며 전화기를 꺼내 화면을 본다. 로밍을 해서 형님의 문자가 왔는지 확인할까 하다가 전화기를 집어넣는다.

국내에서 형님은 문자 대신 전화를 하는 편이다. 동생, 한번 와봐야겠어. 김만호가 중국에 망명했다는 소문이 병원에 퍼진 걸 이대암이 알게 되는 장면에서 형님의 전화를 받았다. 쓰고는 있지만 그때쯤 소설에 문제가 생겼다는 의구심은 깊어져 있었다. 어머니가 의식이 없으셔. 엊저녁까진 멀쩡했는데. 나는 쓰던 원고를 저장하고 서둘러 차에 시동을 걸었다. 구순의 어머니를 칠순의 형님이 시골집 가까이 두고 모시는 중이었다. 어머니도 어머니지만 그런 형님에게도 매번 죄스럽기만 하다. 한 시간 거리에 살면서도 연락이 오면 그제야 나는 가속페달을 밟는다. 그나저나 병원에 소문이 퍼졌으니 서둘러 이대암도 망명을 떠나야 한다. 병원 당국과 일제의 감시를 피해 세브란스 분원에 출장 간다는 핑계를 대고 나는 이대암을 평양행 기차에 오르게 할 생각이다. 무슨 옷을 입힐까. 그의 가방에는 옷가지와 책이며 잡동사니가 들어갈 텐데 지금이라면 슈트케이스라고 할 그것을 그 시절엔 무어라 불렀을까. 갓길에 차를 세우고 전화기를 열어 옛날 가방을 검색한다. 중학교 시절 들고 다녔던 가방이며 여성용 핸드백, 버들고리로 짠 고리짝과 가죽제품에 이르기까지 가방 사진이 좌르륵 올라온다. 묘사하고 싶은 가죽 가방을 클릭했더니 정식 명칭은 나오지 않고 빈티지 가방이란 설명이 붙어 있다. 다른 놈을 클릭했더니 이번엔 그냥 빈티지 가죽 가방이란다. 썅. 경적을 울리던 덤프트럭이 바람을 일으키고 지나가자 승용차가 출렁거린다. 혼수상태에 빠진 어머니를 뵈러 가면서 갓길에 차를 세우고 가방을 검색하는 내 모습에 소스라쳐 차를 출발시킨다. 정 마땅치 않으면 그냥 여행 가방이라고 하는 수밖에. 고혈압과 당뇨를 앓는 어머니가 혼수상태라는데 나는 또 이대암을 향해 달려간다. 잔인한 일이로구나.

바타르의 차가 나지막한 언덕을 넘어 사라졌다. 나지막하다는 것도 착시일 테니 언덕 너머로 사라졌다는 편이 나을 것이다. 한참을 올라가야 그의 차가 일으킨 흙먼지를 만나게 될 것이다. 그러나 뭉흐는 가속페달 대신 브레이크를 밟더니 드르륵 사이드브레이크를 채운다. 차에서 내린 그를 따라가보니 뒷바퀴 하나가 주저앉아 있다. 사막에서 이동 수단에 문제가 생겼으니 늑대에게 몸을 내줘야 할지도 모른다. 그러나 뭉흐는 심상한 얼굴로 트렁크 속 공구함을 꺼내 스패너 따위가 든 가죽 보따리를 좌판 벌이듯 펼쳐놓는다. 그가 자키를 꺼내는 동안 뭐라도 거들 생각에 래칫 핸들을 집어 들자, 헤이, 노노노노, 뭉흐가 이를 드러내며 검지를 흔들고는 사막을 가리킨다. 이건 내 일이니 넌 사막이나 구경하라는 뜻이었다. 폭양에 목덜미가 쓰린데도 자키로 차체를 들어 올린 뭉흐는 땀 한 방울 흘리지 않고 바퀴의 너트를 풀어나간다. 하아, 저 멋있는 새끼. 나는 햇빛을 피해 차 그늘에 주저앉는다. 무지막지한 햇빛과 반사된 열기만 피어오르는 이곳은 어느 낯선 행성이라야 이해가 될 적막이 지배하고 있다. 언제부턴가 왼편에 나타나기 시작한 홍고린 엘스. 알타이산맥 끝자락인데도 이천 미터가 가뿐하다는 그 너머의 연봉들. 눈앞인 듯싶지만 먼 산맥에서 걸음을 떼는 늑대의 발소리까지 확연히 들리는 이곳이 고비였다.

저편 언덕에 앞서갔던 차가 나타난다. 우리 차가 사라진 걸 깨닫고 길을 돌려온 모양이다. 바타르까지 달라붙어 차의 바퀴를 갈아 끼웠다. 바퀴 때문에 시간을 허비하는 사이 바타르와 친구가 돌아 내려온 언덕에 해가 기울며 노을이 드리워졌다. 언덕은 어느새 실루엣으로 남고 그 너머에 황금빛 기둥이 피어오르며 화마 같은 홍조가 드리워지고 있었다. 붉은 바탕은 올라갈수록 흐려져 점차 푸르스름해지더니 문수와 내가 입을 떡 벌리고 선 지점에선 아직도 새파랬다. 사진 찍는 자세를 취하며 뭉흐는 노을을 배경 삼아 서라고 주문했지만 나는 고개를 저었다. 카메라의 프리즘을 통과하는 순간 고비의 석양은 날것의 파닥거림을 멈출 것이다. 눈에 남은 잔상이 뭉개져 희미해질 때 이대암이 걸어 들어간 석양은 비로소 상상의 프리즘을 거쳐 새로워지리라. 출발 전 노을을 힐끗 돌아보던 문수가 내뱉었다. 씨파, 쪼잔하게 살지 않겠어.

홍고린 엘스가 눈앞인 숙소 목책을 넘어 우리는 사막에서 보드카를 마셨다. 이곳에선 행복할 거 같아. 그렇게 말하며 보드카를 마시는 문수를 따라 잔을 기울이는데 하늘에 박힌 별이 보였다. 메밀 꽃밭 같다면 상상이 될까. 우리의 정수리 위로는 안개 자욱한 강처럼 은하수가 흐르고, 잠깐만 고개를 들어도 하늘을 질러가는 유성이 보였다. 여긴 번잡하지 않거든. 누군가의 멱살을 잡고 애들 크는지도 모르게 뛰어다닌 날들을 물어내라고 하고 싶어.

운전 때문인지 바타르와 뭉흐는 술을 천천히 마셨다. 아까는 흥이 올라 노래까지 불러주던 뭉흐가 전화기를 들고 일어나 어디론가 사라진다. 뭐라 웅얼거리는 소리가 들리는 걸로 보아 멀리 간 것 같지는 않았다. 몇 발자국만 비켜서도 옷 색깔과 상관없이 이곳의 어둠은 형체를 삼켜버린다. 먹물 같은 허공이 끝없이 펼쳐지다 스프레이를 뿌린 듯 별 무리가 드러나면 그게 지평선이었다. 그러니까 사막과 하늘은 맞닿아 하나였고, 우주와도 하나였다.

　전화기를 들고 나타난 뭉흐의 표정이 그새 어두워져 있다. 뭉흐, 무슨 일 있어? 문수가 물었지만 뭉흐는 대답하지 않는다. 우리말을 아는 바타르가 대신 물어봐줄 수 있으련만 그는 그런 친절을 베풀 사내가 아니다. 뭉흐와 바타르의 침묵에 문수는 뭐라고 궁시렁대더니 벌러덩 누워버린다. 다시 전화기에서 진동음이 울리자 뭉흐가 폴더를 열며 사라진다. 잔을 비우고 나도 문수를 따라 흙먼지 속에 몸을 눕힌다. 북두칠성을 찾기 위해 애를 썼지만 그 흔한 별자리를 찾는 일도 쉽지 않았다. 도시에서라면 눈에 띄지 않을 별들까지도 모두 나와서 하늘은 빛나고 있었다. 보아주는 사람도 없는 곳에서 자신을 태우며 견디는 숙명이, 완벽한 어둠 속에서만 존재를 드러내는 별이 저토록 많다는 사실에 위로를 느낀다.

　뭉흐가 나타나 바타르를 어둠 속으로 데려가더니 뭔가 상의하는 소리가 오고 갔다. 야, 바타르, 뭔데 그래? 문수의 짜증 섞인 질문에, 아무것도 아녜요. 바타르의 짧은 대답이 건너왔다. 아무것도 아니긴, 뭐 있구만. 문수의 그 말에, 별거 아녜요. 바타르의 목소리가 또 들려온다. 아 뉘 몽골놈들! 문수는 자리에서 일어나 보드카를 마셨고 나도 잔을 비운 후 물었다. 그래서 넌 여기 눌러앉겠다구? 문수의 시선은 먹물 같은 어둠과 별들이 만나는 지점에 머물러 있었다. 이곳이 아니라 그곳이 사막이었어. 늑대처럼 살 거야. 길들여지지 않는. 이곳이 아니라 그곳이 사막이었다는 말에 나는 고개를 끄덕인다. 지금쯤 어둠 속 저 어느 사막에 내가 서 있다는 생각을 그러며 했다. 어머닌 좀 어때? 나는 호주머니 속 전화기를 만지작거린다. 당이 떨어졌었대. 119를 불러 병원에 모시고 갔는데 포도당 주사 한 방에 기력을 회복하셨어. 잠시 침묵하던 문수가 탄식을 늘어놓는다. 그나저나 인생 좆됐다. 남들 띵까띵까 놀 나이에 외국 나와 뺑뺑이 도는 나나 헛바람 들어가지고 소설을 쓰겠다는 너나. 우리는 남은 잔을 채워 건배했다. 오십 넘어 어떤 매혹을 느꼈길래 여기 주저앉겠다는 거야? 여자라도 생겼어? 문수가 빈 병과 접시에 담긴 양고기를 챙겼다. 매혹은 수천 가지도 넘지. 그런 넌 뭣 때문에 밥도 안 나오는 문학을 하겠다는 건데? 너의 매혹은 뭐냐? 나는 그를 따라 주섬주섬 흙바닥의 물건을 치웠다. 몰라. 그게 뭔지…… 빈 술잔을 들고 일어서며 별들과 어둠이 섞인 광야에 눈길을 던졌다. 굴절되고 착시를 동반하며 상상 속에서 조립돼 나를 위로하고 고통에 빠져들게 하는 우주의 통로. 끊어지지도 연결돼 있지도 않으면서 나를 빨아들여 녹이고 생성해 비의를 만드는 곳. 거기서 불어온 바람에 흔들리는 내가 있다는 것만 또렷이 자각하게 하는 공간. 나는 오래 생각하고 망설이던 말을 문수에게 건넸다. 내가 할 얘긴진 모르겠다만 용서 같은 거…… 그거 해라. 문수는 조용히 물건들을 봉투에 담았다. 자리가 정리되자 봉투를 들고 숙소를 향하던 친구 쪽에서 목소리가 들려왔다. 용서하고 안 하고의 문제가 아냐 인마. 저런 것이 소설을 쓴다고…… 넌 이대암이 무엇 때문에 여기 왔는지 알고나 쓰냐? 단지 독립운동 때문에? 말이 되냐, 그게? 모습이 보이지 않기 때문인지 그 소리는 마치 허공에서 들려오는 것 같았다. 나는 엄두가 나지 않는 재앙을 마주한 사람처럼 멍해져 서 있었다.

문수는 노래하는 모래라는 홍고린 엘스 정상 가까이 가 있었다. 주저앉으면 일어나지 못할 것 같아 반쯤 꺾인 무릎에 손을 얹고 가쁜 숨을 몰아쉰다. 그렇지 않아도 몽골은 천 개의 봉우리 위에 얹힌 고원이라는데 그냥 산도 아니고 한 걸음 떼면 두 걸음 미끄러지는 모래 산을 오르는 중이었다. 처음 출발할 때 문수는 오늘 한낮 기온이 섭씨 오십오 도를 찍었다고 했지만 숫자의 차이일 뿐 어제의 오십 도와 차이가 없었다.

열 걸음 떼고 숨을 고르기로 했다. 하나, 두울, 세엣, 네엣…… 내가 걸음을 뗐으니 오십여 미터 뒤에서 뭉흐도 걸음을 떼고 있을 것이다. 아니 누누이 말하지만 그가 몇 미터 떨어져 있는지 알 방법은 없다. 바타르는 홍고린 엘스가 시작되는 지점에서 능선을 가리키며 코스를 지정해준 후 지프 그늘에 앉아버렸지만 통상 몽골인 운전자가 모래 산까지 동행하진 않는다는데 뭉흐는 일정한 거리를 두고 따라왔다. 아무래도 나의 안전을 책임지겠다는 생각 같았다. 하아, 저 멋있는 새끼.

열 걸음 채우고 쉬면서 다음엔 경사가 가팔라지는 곳까지 가기로 한다. 경운기 모터처럼 심장은 펌프질을 해대고 기도를 여느라 목에 걸린 가래가 기침을 불러오지만 목표 지점까지는 올라야 한다. 한 걸음, 두 걸음, 세 걸음. 유치한 유추지만 홍고린 엘스를 오르는 일이 꼭 원고지를 채우는 일 같다. 자판을 두드려 자음과 모음을 그러모아 단어를 생성하고, 그 것들을 연관 지어 인물을 움직이게 하며 사색을 자아내는. 몸 어디에 붙어 있는 어떤 기억이 적절한 때에 끄집어내지기를 바라며 한 걸음씩 걸음을 떼는 극한의 등반. 앞으로 뻗은 무릎을 꺾어 그 위에 손을 모으고 웅크린 자세로 숨을 몰아쉰다. 심장과 허파가 안정되기를 기다려 뒤를 돌아보니 내가 걸음을 줄인 만큼 뭉흐도 올라와 있다. 확인할 수는 없지만 그다지 숨을 몰아쉬는 것 같지도 않다. 그렇지만 그의 얼굴이 어둡다는 것만은 충분히 가늠된다. 숙소를 떠나 모래 언덕에 이르도록 그는 음악을 틀지도 않았고 휘파람도 불지 않았다. 뭐야, 사랑보다 많이 예찬한다는 어머니가 편찮으시기라도 한 거야? 이봐, 뭉흐. 나도 어머니가 아프셔.

고개를 들어 모래 산 정상을 바라보자 피로가 밀려왔다. 어제저녁 문수가 했던 질문 때문에 밤새 몸을 뒤척였다. 이대암이 여기 왜 왔는지 그것 하나 확신하지 못한 채 그를 이곳에 보내려 한 나의 어리석음이 가슴에 얹혀 수면을 방해했다. 이 대암의 배경을 확인할 생각만으로 내가 이곳에 온 건 아니듯 이대암의 유랑을 독립운동만으로 설명하는 것도 인간을 이해하는 옳은 방식은 아닐 것이다. 운게른 부대가 습격하기 전에 몽골 주둔 중국군 사령관 가오시린이 같이 철수하자고 요청했지만 이대암은 거절했다. 미처 전달하지 못한 레닌의 독립 자금을 지킬 생각이었다면 현실에선 가능할지 몰라도 작품 속의 그는 얼마나 우스꽝스러운가. 호락호락하지 않은 죽음이 호락호락하지 않은 삶과 호응할 때 박제된 인간에서 벗어나 그는 자유를 얻을 것이다. 내 삶이 그러길 원치 않듯 그가 비명횡사나 하는 무책임한 인간이 되게 할 수는 없었다. 소설을 쓰면서 자꾸 실패의 예감에 시달린 이유가 실은 거기에 있었다.

문수는 어느덧 정상에 앉아 사막을 내려다보고 있다. 주머니에 넣어둔 비닐봉지를 꺼낸다. 비닐봉지 안에 늑대의 송곳니 한 쌍을 넣어두었는데 틈날 때마다 꺼내보는 버릇이 생긴 것 같다. 차를 타고 달릴 때도 자주 그것을 보았다. 손바닥에 올려놓고 송곳니를 들여다보면 어떤 결핍 때문에 헐떡거리며 사막을 질주하는 한 마리 짐승이 보인다. 야생의 것들 가운데 가장 용맹하고 헌신적이며 목숨을 내놓고 주어진 소임을 수행한다는 그것. 행여 떨어뜨릴세라 비닐봉지에 다시 송곳니를 간수한다. 경사가 급해 쉽진 않겠지만 세 번 이상은 쉬지 않기로 한다. 왜 심장을 혹사시키고 허파를 몰아붙여 모래 산을 오르는지 알 수 없다. 시지프스처럼 올라가는 일 자체가 주어진 숙명 같다. 모래 능선에 닿으면 멋진 발밑을 구경하게 될지 모르지만 그딴 걸 기대하는 건 아니다. 홍고린 엘스가 펼쳐진 이상 그건 그저 올라야 하는 무엇일 뿐이었다. 걸음을 뗀다.

화성 표면을 연상케 하는 바약작에서 얇고 긴 낙타 가죽을 사 송곳니를 걸었다. 울란바토르에서 밤 도와 달려온 승용차를 타고 그제 새벽 엉킹강 숙소에서 뭉흐가 떠났다. 떠나기 직전 그가 문수와 나를 껴안았는데 여자라도 된 것처럼 뭉흐의 포옹이 듬직하고 서글펐다. 뭉흐에게 무슨 일이 생겼는지 바타르는 말해주지 않았고, 나와 문수는 그의 어머니에게 무슨 문제가 생겼다고 지레짐작할 뿐이었다. 울란바토르에서 승용차를 타고 온 에르덴이 내 짝이 되었다. 우리는 북쪽으로 달렸다.

돈을 벌기 위해 한국에서 이것저것 했다는 에르덴은 간단한 한국말을 할 줄 알았다. 내가 궁금한 것을 물으면 성심껏 대답했고, 나에 대해 궁금한 것을 묻기도 했다. 뭉흐와 함께 있을 때 나는 창밖 풍경에 몰두했고, 그는 음악을 듣거나 휘파람을 불고 노래를 따라 불렀다. 그렇지만 토막 영어로 뭉흐에게 어렵게 의사를 전했던 것과 달리 에르덴과는 많은 이야기를 할 수 있었다. 그런데도 어쩐지 에르덴과는 침묵하고 뭉흐와 많은 이야기를 한 것 같았다.

휴대전화와 목에 걸린 늑대의 송곳니를 만지작거린다. 창밖은 화성 표면 같은 붉은 황무지 일색이다. 전화기 버튼을 눌러 와이파이도 잡히지 않는 화면을 들여다본다. 잠시 후 화면이 희미해지더니 서서히 어두워진다. 해외 로밍을 연결해 형님의 문자가 왔는지 확인할까 하다 전화기를 넣어버렸다. 어머니에게 무슨 일이 생겼다 쳐도 별 뾰족한 수는 없으려니와 다시 이대암에 빠져드는 나를 발견하고 소스라칠 게 뻔하다.

우리 뭉흐한테 가자. 어머니가 돌아가셨다면 조문을 해야지. 룬의 식당에서 점심을 먹고 나오며 내가 문수에게 말했다. 어차피 일정은 끝났고 울란바토르에 들어가 저녁을 먹은 후 비행기를 탈 예정이었다. 저녁 먹는 시간을 아끼면 뭉흐를 만나는 시간쯤 충분히 만들 수 있었다. 저게 미쳤나? 낯선 나라에서 온 너나 나 같은 놈을 상갓집에 들일 줄 알아? 친한 사람만 부른다구. 문수는 턱없는 소리 말라는 듯 손을 저었다. 우리가 여기 규정을 따랐으니 이번엔 우리 식대로 가보는 거야. 말도 못해보냐? 내 말에 문수의 표정이 해괴하게 변해갔다. 아 놔, 저 글쟁이 또라이 새끼가! 그러나 더는 실랑이할 생각이 없는 사람처럼 몸짓을 크게 하면서 나는 차로 돌아왔다. 문수와 바타르와 에르덴이 손짓을 하며 무언가 주고받는 모습이 백미러에 비쳤다. 바타르가 전화기를 꺼내더니 버튼을 눌렀다. 문수의 얼굴에 짜증이 배어 있었다. 전화기를 귀에서 뗀 바타르가 두 사람에게 뭐라고 말을 건넸다. 잠시 자리에 서 있던 그들이 차를 향해 움직였다. 바타르와 친구의 차가 자리를 떴고 에르덴과 내가 따라갔다.

나는 문수와 칭기즈칸 국제공항 청사 앞에서 담배를 피웠다. 떼를 쓰다시피 뭉흐의 집에 다녀온 뒤였다. 초원에서와 달리 도시에서는 시신을 병원에 모신 채 가까운 사람만 집에 들여 조문을 받는다고 했다. 망자를 생각해 음식은 성대하게 차리지 않고 소박하게 대접한다는 것이었다. 그곳에서 간단한 요리를 먹고 떠나기에 앞서 나는 뭉흐와 다시 포옹했다. 이봐, 뭉흐. 또 올게. 넌 이대암의 동지이자 친절한 친구가 될 거야. 알겠지?

담배를 다 피운 나는 어쩐지 초조한 빛을 띤 문수의 얼굴을 쳐다보았다. 너무 힘들면 버티지 말고 들어와라. 작별 인사랍시고 한 말일 뿐 그건 감정선을 건드는 말이 아니었다. 그런데 얼굴이 구겨지더니 그가 갑자기 엉엉거렸다. 씨파, 딸래미보고 싶어 죽겠다. 바람을 피운 건 마누란데 왜 내가 용서를 빌고 싶냐? 미안하다구…… 정말 미안하다구…… 얼굴 위로 좍좍 눈물이 흐르고 녀석의 코에서 콧물이 떨어졌다. 사람들 시선도 아랑곳없이 그는 고개를 끄덕거리며 울었다. 그런 친구의 얼굴에 사랑의 유효기간을 묻던 여학생의 모습과 이대암이 겹쳐진다. 이대암이 따라간 김만호라는 실존 인물 대신 새로운 여성을 등장시켜야 한다고 누군가 악마처럼 외치는 소리가 들린다. 인류애라는 추상적 사명에 불타던 의대생의 뇌리에 천둥과 번개를 일으켜놓고 실핏줄 마디마디 꽈리를 터뜨려놓는 여자. 그녀를 만나러 가는 길이 곧 독립운동이며 구원이 아닌가. 그게 아니고서야 어떻게 그 거친 땅을 헤매며 그 많은 피와 눈물을 뿌릴 것인가. 친구를 안고 그가 울음을 멈출 때까지 등을 토닥거렸다. 같이 우는 내 등도 토닥거렸다.

비행기가 이륙하고 울란바토르의 불빛이 잦아들었다. 사람들은 잠을 청하는 눈치였지만 내 의식은 차가웠다. 낙타 가죽에 꿰여 가슴에 매달린 늑대의 송곳니를 가만히 내려다본다. 뭉흐와 차를 타고 가면서도 꺼내보고 홍고린 엘스를 오를 때도 들여다보게 되던 그것. 낮이나 초승달처럼 벼려진 송곳니는 어둠 속에서도 찌를 듯 도드라져 조용히 울부짖는다. 그 송곳니를 응시하다 보면 어쩐지 늑대의 정령은 내 안으로 들어오는 것만 같다. 내가 만일 늑대라면 저 앞에 웅크린 것의 목덜미에 이제는 송곳니를 꽂을 것이다.

먹을 만큼 먹었어

살면서 그렇게 많은 풀을 뽑아 먹고 허다한 짐승을 도륙해 먹었으며 누군가가 건져온 갯것을 먹고 또 먹었는데도 후각은 입으로 들어갈 것들에 여전히 반응한다. 봄이면 얼마나 많은 풀을 무치고 데치고 끓여 먹으며 목숨을 부지했던가. 평생 몇 마리나 되는 돼지와 닭을 잡아먹고 소의 허벅지는 얼마나 베어 먹었을까. 심지어는 꼬리를 흔들던 삽짝 너머의 개까지도. 하루에도 몇 번씩 그런 야만을 저지른 끝에 도달한 곳이 과연 그에 값하는 자리인지 나는 알지 못한다. 온갖 것을 입에 넣고 턱뼈와 얼굴 근육과 웬만해서는 부러지지도 닳아지도 않는 이빨, 거기에 혀와 입안의 해면체를 동원해 부수고 깨물고 녹여 먹은 후 이튿날 구린내를 풍기며 몇 해나 눈살을 찌푸렸는지. 살기 위해 먹었다고 은연중 생각했지만 먹기 위해 살지는 않았나 말이다.

창이란 창을 다 걸어 닫았는데도 외부에서 스며든 냄새를 코끝은 게걸스럽게 만지작거린다. 김치를 물에 헹궈 청국장을 풀고 두부를 넣어 끓인 그것. 김치에 뜨거운 김이 스미고 멸치에서 국물이 우러날 때쯤 살짝 고춧가루를 끼얹었을 그것. 그러나 저 청국장에는 단언컨대 단 한 점의 돼지고기도 들어가지 않은 것 같다. 돼지고기가 들어간 청국장을 사람들은 야만으로 치부하는 경향이 있다. 어쩌면 그건 굽거나 찐 돼지고기를 아무 때나 먹게 됐기 때문인지도 모른다. 그런 풍요를 구가하기 위해 국가든 사람이든 이 시간에도 진흙탕 싸움을 하고 있지 않은가. 그렇지만 청국장에서 돼지고기를 발견했을 때의 내 놀람을 단순한 감동쯤으로 폄하할 생각은 없다. 그건 야만이 아니라 문명이기도 했었다. 담백함에 느끼함을 섞어 미감을 포기한 대가로 몸의 결핍을 보충하려던 일이 야만이라면 그에 대한 책임은 조리법이 아니라 주림의 시대가 지는 게 마땅하다.

내가 청국장에서 다져진 돼지고기를 처음 발견한 건 군대에서 휴가를 나와 처가에 갔을 때의 일이다. 남편 없이 아들 하나를 키운 어머니는 아들이 장성하자 남편만큼이나 그 아들을 어렵게 여겼다. 내가 고창고보에 들어간 후로 어머니는 좀처럼 당신 생각을 강요한 적이 없었다. 인민군이 읍에 진주

했을 때도 그들이라면 아버지 소식을 알지도 모르겠다며 상의조의 말을 건네는 걸로 아버지에 대한 관심을 대신한 어머니였다. 내게 아버지인 사람이 당신에게는 지아비였는데도 말이다.

말년 휴가를 나오기 두어 달 전쯤 어머니는 아랫녘 산다는 어떤 여자의 사진을 동봉하면서 교회 목사님이 소개한 처자인데 참하다고 적었다. 하지만 '참하다'는 그 흔한 인상기가 내게는 그녀와 결혼해야 한다는 강권으로 읽혔다. 당신 눈에 드는 처자를 며느리로 들이는 게 남편 없이 아들을 키워낸 여자의 권리라고 생각했을까. 휴가를 나오거든 그 처자의 집을 방문하도록 그쪽과 이야기까지 끝냈다고 침 발라 눌러쓴 글자들은 주장하고 있었다.

훈련과 훈련 사이 틈이 비거나 식사가 끝난 후 나무 그늘에 앉아 나는 어머니가 보낸 사진을 들여다보곤 했다. 여자의 모습에 호감을 느꼈기 때문이 아니라 아들의 가슴에 당신의 마음을 단단히 각인시키려 할 만큼 어머니를 달라지게 한 무엇이 그 안에 담겨 있을까 싶어서였다. 미간에 힘을 준 탓인지 어색하고 긴장돼 보이는 한복 차림의 여자가 사진 속 의자에는 조용히 앉아 있었다. 낯선 것 앞에 나서기보다는 방어 자세를 취한 채 자기를 숨기려는 듯한 눈빛과 안으로 오므라들어 가느다랗던 어깨. 그것을 통해 그녀가 초등교육을 받긴 했지만 그 이상은 아니라는 사실을 나는 눈치챘다.

그날 사진 속의 그녀는 코빼기도 보지 못한 채 장인 될 사람과 겸상을 했다. 기름 뜬 청국장을 노려보며 장인이 숟가락 들기를 기다려 나는 부랴부랴 국물을 떠먹었다. 입천장이 홀라당 까지는 것도 깨닫기 전에 후각을 거쳐 돼지고기 냄새가 뇌수로 흘러들었다. 전쟁 직후의 군대에선 꿈도 꿀 수 없던 돼지고기가 청국장에 들어 있었다. 간혹 부식으로 나온 정체불명의 국물에 기름이 뜬 적도 있었지만 군대 생활 내내 고기를 건져 먹은 일은 없었다. 다른 반찬은 거들떠보지도 않고 청국장에 밥 한 그릇을 게 눈 감추듯 비웠다. 돼지고기만 건져 먹는 건 아무래도 눈치가 보여 청국장 콩도 함께 건져 먹었다. 아무 말 없이 밥을 먹던 장인이 부엌에 청국장을 더 내오라고 일렀을 때에야 속을 들킨 것 같아 체면을 차리려고 노력했지만 새 뚝배기에 다시 숟가락을 묻고 말았다. 식후에 아내가 될 그 집 딸을 처음 만났는데 사진 속의 여자와 분위기가 비슷하다는 것 외에 별 감흥은 없었다. 어쩌면 나는 사진 속 인물이 아니라 청국장 때문에 결혼했는지도 모른다.

내가 청국장을 물리도록 먹은 것은 군산 인근의 면소재지에 있는 중학교에 근무할 때였다. 어머니와 아내, 갓 태어난 아들을 고향에 남겨두고 교감이 소개한 집에 하숙을 들었다. 첫날 하숙집 호롱불 아래에서 밥을 먹던 나는 청국장 속의 풀어지지 않은 콩 덩어리를 돼지고기인 줄 알고 열심히 건져 먹었다. 내가 청국장을 좋아하는 것으로 착각한 하숙집 주인은 끼니때마다 청국장을 내놓았다.

이 년쯤 지나자 청국장 냄새에 신물이 올라왔다. 별만 쏟아질 뿐 해가 떨어지면 빛이 소멸한 세상 모퉁이에서 개 짖는 소리 말고 더 들릴 소리조차 없는 단조로운 세계와 나는 싸웠다. 어머니와 처자를 건사하며 한세상 천치처럼 살아도 되겠다는 생각 한쪽에서 갈급이 뿌리를 내렸다. 아이들을 향한 열정이 바닥나자 들을 가로지르는 기차 위로 시선이 날아갔다. 몸 안 어디에 고인 차가운 물이 모든 것을 얼려버려 무엇을 오래 쳐다보는 일마저 힘에 부쳤다. 교감 댁을 방문해 한담을 나누는 일 외에 달리 할 일은 없었다. 매일 청국장을 먹었다.

내 몸에 고인 차가운 물에 잔물결을 일으킨 사람은 새로 부임한 영어 교사 허란숙이었다. 수면을 스치는 바람처럼 그녀는 알 수 없는 곳에서 불어왔다. 학교에 여교사가 드물기도 했지만 기왕 있던 여선생도 일제 치하에 직을 시작한 사람이 많았고, 그녀들은 대체로 흰 저고리에 검은 치마를 입었다. 그런데 초임 발령을 받은 허란숙은 멀리서도 눈에 띄는 흰 바탕에 꽃무늬가 촘촘한 원피스를 입고 다녔다. 그 옛날의 개화 여성을 바라보듯 그녀가 나타나면 사람들은 원피스가 사라진 후에도 꽃무늬의 잔영을 따라다녔다. 그녀가 나타나 텅 빈 운동장을 가로지르자 비로소 흐린 구름 사이로 빛이 쏟아졌다.

한번은 학생들이 귀가해 고요해진 교실에서 독서를 하다

말고 빛 때문에 운동장을 넘겨다보았는데 허란숙이 거기 있었다. 그녀가 그네에 앉아 발을 구르자 꽃무늬 원피스가 허공에서 나풀거렸다. 그네가 떠올랐다 내려올 때 치마가 뒤집힐까 봐 운동장에 시선을 둔 나는 괜히 조마조마해 침을 삼켰다. 그네를 따라 포물선을 그리며 상승한 허란숙이 다시 하강하는 모습은 수면을 치고 날아오르는 제비처럼 날렵하고 관능적이었다. 그네가 속도를 늦추면서 뭔가를 발견한 사람처럼 그녀가 고개를 숙였다. 그네의 움직임이 멎고 그녀 또한 미동 없이 거기 매달려 있자 더욱 초조해져 창틀 뒤에 숨어 운동장 가녘을 주목했다. 미동이 없는 게 아니라 허란숙의 어깨는 조용히 흔들리고 있었다.

"중간에 공동묘지를 지나야 해서요."

며칠째 학생 하나가 나오지 않아 가정방문을 할 생각이라며 그녀가 동행을 요청했을 때 말없이 읽던 책을 덮었다. 유독 태도가 바르고 공부도 잘하는 학생이라 수업 중에 자주 눈을 맞추곤 했는데 며칠째 녀석은 등교하지 않았다. 그 아이의 빈자리가 어금니 빠진 구멍처럼 크고 깊어 돌아오지 않는 메아리처럼 수업이 공허했다. 그래서 그 아이의 사연이 나에게도 몹시나 궁금해지던 중이었다.

신작로를 따라 아이가 사는 마을에 가려면 족히 이십 리를 걸어야 했으나 마을 뒤편의 야산을 가로지르면 길을 줄일 수 있었다. 하지만 그 길은 사람 하나가 간신히 나다닐 만한 소로였고, 빛바랜 풀숲에 덮여 독 오른 뱀이 발목을 스치는 곳이었다. 어떤 곳은 소나무가 우거져 동굴 같은 그늘이 드리워지기도 했는데 그곳을 지나면 전쟁 통에 조성됐다는 공동묘지가 앞을 막았다. 땔감을 진 남정네라면 몰라도 주민의 시선을 한 몸에 받는 여선생이 혼자 넘을 고개는 아니었다.

아이의 집에는 아비 혼자 누워 있었다. 어디를 앓는지 아비의 얼굴은 칠흑 같았고 입술은 머루 빛보다 짙었다. 자기 대신 아들이 들에 나갔다는 자초지종의 말조차 숨을 골라가며 웅얼거릴 만큼 그는 가망이 없어 보였다. 허물어질 듯한 처마를 이고 무거운 분위기를 견디며 환자의 머리맡을 지킬 자신이 없어 우리는 공동우물이 있는 동구로 나와 노을 내린 들판을 바라보았다. 지평선이 보이는 들판 어디에 아이와 어미가 등을 구부리고 있을지 알 수 없었다. 어둠이 내리자 굴뚝에서 오르던 연기가 멎고 어디선가 식기에 숟가락 닿는 소리가 들렸다. 길 건너 밭에서 뽑아온 당근을 우물물에 씻어 내밀자 허란숙은 사양하지 않고 맑은 소리를 내며 먹었다. 당근을 먹고 났을 때 어미를 앞세우고 돌아온 아이의 흙 묻은 손을 잡고 그녀는 학업만은 포기하지 말라고 곡진하게 당부했다.

"왜 저죠?

돌아오는 길에 공동묘지 입구에서 나란히 걷던 허란숙에게 물었다. 이미 사방이 어두워져 한 치 앞도 보이지 않는 길을 우리는 조신하게 걸었다. 보자기를 쓴 듯한 나무들을 별빛에 어림해가며 그녀와 어깨가 닿을 듯 붙어 걸었다. 그녀의 숨소리를 들었다.

"선생님 책상에서 우연히 『선언』을 보았어요."

그것은 교감의 서재에서 어쩌다 발견한 책이었다. 고보에 다니던 시절 서울에서 서점을 하다 망한 사람이 고향 인근에 살았는데 그의 집은 책으로 발 디딜 틈이 없었다. 칭기즈칸 일대기인 『성길산전』이나 나폴레옹 일대기인 『나팔연전』 따위를 거기서 빌려 읽었다. 그러다 고보에 다니게 되자 독서 수준을 높이라며 주인이 건넨 책이 일어판 『선언』이었다. 하지만 읽는다고 읽는데도 책의 내용은 도무지 알아먹기 어려웠고, 아름다운 문장 몇 구절만 뇌리에 새겨졌다. 그런데 그게 교감의 서가에서 삭아가고 있어 나도 모르게 뽑아 든 것이었다. 마르크스에 동의했다기보다 그새 내용을 얼마나 이해하게 됐는지 궁금해서 『선언』을 빌렸다.

위험한 물건을 눈에 띄는 책상에 놓아둔 내 부주의함에 마르지 않은 옷을 걸친 것처럼 가을밤이 차게 닿았다. 그렇지만 그 책 때문에 그녀가 내게 동질감을 갖게 된 것만은 분명해 보였다. 어느 학교의 독서 모임에서 뜻 맞는 사람끼리 수군거리는 모습을 그때까지도 어렵지 않게 떠올릴 수 있었다. 그런 자리에서 준수한 외모에 유난히 잘 정돈된 남자를 만나는 건 그리 어려운 일이 아니다. 러시아 말을 유창하게 하던 인민위원회 시절의 그 여진족 전사 같던 사람은 그런 모임 어디에나 있게 마련이니까. 전쟁이 나자 유학 중이던 모스크바에서 돌아와 해방전쟁에 뛰어들었다던 함경도 출신의 박산옥은 아버지 소식을 궁금하게 여기는 어머니 때문에 인민위원회에 참여했다는 내게 효자라고 말했었다. 인민위원회에 가담한 사람들에게 그녀는 정치경제학과 러시아혁명을 강의했다. 틈날 때마다 따로 불러 아버지에 관해 알아보고 있지만 좋은 소식은 들려오지 않는다며 호의를 베풀던 그녀의 샛별 같던 기백이라니. 훗날 산으로 들어간 그녀는 여진족 마을로 무사히 귀환했을까, 아니면 입에 달고 살던 '사회적 삶'을 실천하려다 포탄에 몸이 찢겼을까. 어쨌거나 미군의 반격이 시작되자 의용군에 들어간 허란숙의 남자는 인민군을 따라 입산했으며, 그 때문에 허란숙이 그네 위에서 흐느꼈겠다는 상상을 나는 아무런 근거도 없이 하고 있었다. 본 적도 없고 실재했는지조차 알 수 없는 어떤 사내를 질투했다.

공동묘지를 지나 소나무가 드리운 곳에 이르렀을 때 풀잎에서 옮겨붙은 밤이슬로 바짓가랑이가 축축했다. 치마 차림인 그녀의 종아리는 맨살로 이슬방울을 견디고 있었으리라. 옷섶을 파고드는 한기로 어깨가 움츠러들고, 나무에 가려 달빛은 눈 밑 콧잔등 하나를 비추지 못했다. 야기와 다른 한기가 몸에 스미자 머리카락이 곤두서며 좁쌀만 한 소름이 돋았다. 그때 사람 소리에 놀란 새가 정수리 위에서 푸드득거렸다. 나도 흠칫거렸지만 허란숙은 울음이나 다름없는 비명을 지르며 필사적으로 내게 매달렸다. 하지만 놀람의 원인을 자각하고 서로 팔까지 감은 사실을 복기한 후에도 우리는 팔짱을 풀지 못했다. 팔을 빼는 순간 팔짱 긴 사실을 그제야 깨달은 사람들처럼 허둥거리다 말고 정말 무슨 일을 저지르기라도 할 것 같아서.

그 주말에 어머니와 처자가 기다릴 것을 알면서도 나는 고향에 내려가지 않았다. 고향에 가려면 역까지 이십 리를 걸어 기차를 타고 이리에서 호남선으로 갈아탄 다음 정읍에서부터는 비포장 길을 달려 홍덕의 차부에서 한 번 더 버스를 갈아탄 후 이십 리를 걸어야 했다. 꼬박 반나절 길이고, 이튿날 점심을 먹으면 밤이 이슥해서야 길을 되짚어 돌아오는 일정이었다. 그러나 주말이면 으레 해오던 그 일이 갑자기 귀찮아져 귀향을 단념했던 건 아니었다. 눈을 감고 하숙집 컴컴한 골방에 누워 안에서 들끓는 것을 삭이느라 애를 먹었다.

여자의 직감이란 그런 것일까. 그 주 반공휴일에 교문 앞에 서 있는 아내를 발견했다. 아이를 봐줄 테니 나를 찾아 맛있는 것도 먹고 놀기도 하라며 어머니가 등을 밀었다고 했다. 마침 교문을 나서던 허란숙에게 아내를 소개한 나는 이십 리를 걸어 기차를 타고 군산으로 나갔다. 그 무렵 이름을 얻어가던 시청 옆 신생제과점에서 우리는 철도청에 납품한다는 카스텔라와 슈크림 빵을 먹었다. 어머니의 명을 따라 남편을 만나러 왔는데도 아내는 죄스러워했고, 나는 나대로 또 죄스러워져 어색한 몸짓을 되풀이했다.

"선생님 눈에는 늑대와 토끼가 함께 보여요. 이곳은 토끼 우리예요. 늑대의 길로 가세요. 우리가 가정방문을 갔던 그 아이는 내가 가르칠게요."

아내가 하숙집에서 이틀을 묵고 돌아간 후 운동장에서 만난 허란숙은 알쏭달쏭한 말을 건넸다. 어쩐지 그건 같이 낳은 아이를 어떻게 기를지 남정네에게 의견을 건네는 지어미의 말처럼 들렸다. 그 가을이 끝나고 신학기가 시작될 때 나는 신학대학에 입학했다. 흙먼지에 파묻힌 중학교를 떠나올 때 아직 시작되지도 않은 사랑이 끝난 것을 깨달았다. 다시는 시작되지도 않을 그것이.

훗날 깨물어 삼킬 능력을 잃어 튜브로 영양액을 공급받던 아내가 카스텔라 이야기를 꺼냈을 때 군산의 그 신생제과점을 나는 떠올리지 못했다. 난데없는 카스텔라 이야기에 어이없어하는 내 마음을 이마에 파인 주름 사이로 아내는 읽어낸 듯했다. 그녀의 눈에서 정기가 사위는 것을 보고 곧 죽을 사람의 소원을 들어준다는 심사로 돌아서는데 아내가 소매를 잡았다. 아내의 입에 귀를 가져가는 순간 몸에 깃든 죽음의 냄새를 맡았다. 짜고 퀴퀴하며 몸 안을 돌아 배설된 것이 풍기는 지린내, 시일을 넘긴 음식이 어느 구석에서 조용히 썩어가는 듯한 냄새. 아무리 옷을 갈아입히고 기저귀를 갈고 향수를 뿌려도 지워지지 않을.

"슈크림 빵은 또 얼마나 달콤하게요."

그 소리에 얼른 고개를 돌린 채 병실을 나왔다. 엘리베이터가 느리게 하강할 때 동승한 사람들이 내 몸에서 냄새를 맡을까 봐 자꾸 뒷걸음질을 쳤다. 아내는 대장암 말기였다. 항암 치료 자체는 아무런 의미가 없어 진통제로 버티는 중이었다. 의사는 퇴원해서 얼마 남지 않은 삶을 차분히 정리하는 게 좋겠다고 친절한 충고를 했고, 나도 의견에 동의했지만 문제는 아이들이었다. 큰아들과 둘째 아들 내외, 큰딸 내외와 미국에서 날아온 둘째 딸 내외 할 것 없이 그들은 약속이라도 한 것처럼 아내의 퇴원을 반대했다. 환자가 병원에 있어야 진통제를 맞는 일부터 영양제를 투여하는 일, 튜브로 영양액을 공급하는 일에 이르기까지 환자를 수발드는 일이 원활해진다는 게 그 이유였다. 거기에 간병인을 두엇 붙이면 나도 내 일에 전념할 수 있는데 왜 퇴원을 하냐고 자식들은 정색했다. 그러나 그게 저희들 편하자는 속셈임을 모를 내가 아니다. 그렇게 매조지해야 이쪽을 떠나 저희들의 삶으로 편히 귀환하겠다는 그 반지빠른 속셈을. 하지만 반론 대신 나는 그들의 의견을 순순히 받아들였다. 아이들 말이 맞았다. 아직 남은 책무가 있는 한 자식들은 홀가분하게 어미를 잊고 제 몫의 삶을 살아가는 게 마땅했다. 저희끼리 의논이 되었는지 미국에 있는 둘째 딸 내외를 제외한 아들딸 내외가 주말이면 번갈아 병실에 나타났다. 아내는 그렇게 삶과 죽음을 관리받았다.

병동 안에서는 한 삶이 사위어가는데 밖은 봄이 한창이다. 벚꽃과 개나리는 졌지만 화단에서는 철쭉이 망울을 터뜨리고, 건물 너머 멀게 늘어선 산자락은 산벚꽃으로 호들갑스럽다. 어디선가 다가와 피부를 간질이는 바람에는 어린애 입에 물린 사탕 같은 냄새가 실려 있었다. 그런데도 코끝에 남은 죽음의 냄새에 머리가 지끈거린다. 하는 수 없이 병원 앞 커피 가게에 들러 에스프레소를 한 방울씩 마시며 코에 들러붙은 냄새와 싸웠다. 그 어렵던 시절 유럽에 나가 공부할 기회가 생겼을 때 맛을 들이게 된 에스프레소. 단장을 짚고 들어와 에스프레소를 주문하자 학생으로 보이는 여자애가 주문 내용을 재확인하더니 한 방울씩 아껴 먹는 내 모습을 흘끔거린다. 내 발길 닿을 곳이 그다지 많지 않다는 걸 그때 나는 실감했던 것 같다.

카스텔라와 슈크림 빵을 들고 병실에 들어섰을 때 아내의 속것을 끄집어 내린 간병인이 기저귀를 갈고 있었다. 얼핏 새하얀 체모를 보았고, 나를 향해 밖으로 내젓는 아내의 손짓을 보았다. 평생을 같이 살면서 드나들었을 구덩이가 그 밑에 시들어 있음을 나는 잘 알고 있다. 내가 원할 때면 언제나 열어주고 우리가 함께 살았던 흔적들이 거기서 나와 축복처럼 다가왔었다. 그런데도 아내는 그곳을 결사적으로 감추려 한다. 그럴 때 내가 할 수 있는 일은 조용히 병실 밖으로 나가주는 일밖에 없다. 입장이 바뀌어 괄약근이 풀어진 채 누워 있다면 나 역시 그렇게 반응하지 않으리란 보장이 없다.

"목사님도 차암. 그걸 정말 사 왔단 말예요?"

진통제가 통증을 이완시켰는지 아내는 비교적 말이 또박또박하다. 나는 카스텔라를 콩알만 하게 떼어 내밀었다. 아내는 입을 벌리는 대신 링거 바늘이 꽂힌 손을 내밀어 카스텔라를 받는다. 그러나 잠시 우물거리다 화장지를 달래서 뱉어버린다.

"목사님 어머니…… 시어머니지만 친정어머니라고 그리도 사랑을 주셨을까. 나는 어쩐지 목사님이 아니라 그분과 혼인한 것 같아요. 목사님이 학교로 외국으로, 또 교회로 감옥으로 그렇게 떠돌 때도 그이와는 한 번도 떨어지지 않았으니까. 목사님, 그거 아세요? 대가리 딴 콩나물과 미나리 넣구 끓이던 말간 대구탕."

어찌 모르겠는가. 함께 살던 할아버지가 돌아가신 후 할아버지 덕에 얻어 부치던 소작마저 떨어져 아침은 굶고 저녁엔 근근이 나물죽을 먹던 때조차 잔칫날처럼 올라오던 대구탕인데. 대구 살 돈을 아끼면 밥 두 끼니를 먹을 텐데…… 그런 원망을 자아내게 하던 대구탕.

"목사님 아버지께서 야학을 하다 어느 날 만주로 떠나시더니 봉천 어디선가 딱 한 번 편지를 보냈더래요. 남편이 만주로 떠나던 날 시아버지하고 겸상을 하는데 수발을 들면서 보니 그리도 맛나게 대구탕을 드시더라지요. 그래, 얼마나 맛있을꼬 싶어 그이가 그리울 때마다 대구탕을 끓였답니다. 그런데 당신이 끓인 대구탕은 매번 밍밍하기만 하더래요. 내 손으로 끓여 혼자 먹는 음식에 무슨 맛이 있을라구. 꿈에 그이가 보이길래 갑자기 그 생각이 나서…… 그래서 카스텔라를 떠올렸는데 그예 목사님이 사 오셨네요. 나도 이제는 그이를 따라가려는지 통 맛을 모르겠어요. 군산에선 그리도 달더니만."

나는 바지 뒷주머니에서 손수건을 꺼내 다초점 안경을 벗고 눈을 훔쳤다. 아내는 연민 어린 눈길로 나를 바라보았다.

"그날 교문 앞에서 목사님이 인사하라던 그 여선생은 목련처럼 하얗기도 하더군요. 쥐구멍으로 기어들고 싶은 생각에 왜 인사는 시키는지 원망스러웠어요. 당신이 혼인할 사람은 내가 아니라 저이로구나…… 그런 생각에 죄스러웠어요. 그 생각이 평생 지워져야 말이지요. 그런데도 그 말을 입 밖에 벙긋도 못했지 뭐예요. 목사님!"

아내가 나를 불러놓고 피곤한 얼굴로 바라보았다.

"나 잘 살았지요?"

아내의 손을 잡으며 나는 고개를 끄덕여주었다. 말을 많이 해서 피곤한 듯 내 손을 잡고 아내는 잠이 들었다. 화장실에 들어가 손에 물을 받아 눈을 씻다가 물기에 젖은 얼굴을 거울에서 만났다. 깊게 팬 주름이며 늘어진 볼, 백발이 다 된 머리카락과 한 올씩 빠지기 시작해 성근 것들 사이로 드러난 붉은 두피. 안경 안쪽의 흔들리는 눈동자는 탁하고 깊었으며, 구안

와사에 걸린 후 균형이 틀어져 왼편 입꼬리는 느슨하게 늘어져 있었다. 그러나 대구탕을 내왔을 때 어머니를 원망하던 소년의 모습을 거울은 더 이상 비추지 않았다. 허란숙과 산을 넘고 아내와 군산에 나가 빵을 먹던 오십년대 후반의 창백한 인텔리겐치아의 모습 또한 얼굴엔 남아 있지 않았다.

그날 병상 옆 간이침대에서 깨어났을 때 아내는 죽어 있었다.

이 나이쯤 되니 목구멍으로 넘어가는 어떤 것들은 미감을 넘어 그리움이나 회한으로도 기억되겠다는 깨달음이 생긴다. 그 여자가 오래도록 즐겨 먹었다는 그것도 그런 종류였을지 모른다. 혹은 잊히는 것을 향한 집착일 수도. 아마도 나는 그 여자에 관한 이야기를 듣고 나서야 먹을거리가 어떻게 자창 같은 흔적이 되는지를 깨달았던 것 같다. 그때 찾아온 청년 같던 번민은 몸 곳곳에 머물러 오래도록 지워지지 않았다.

신학대학을 마치고 전주 외곽의 교회에서 시무할 때 3·15 부정선거가 일어났다. 그해 4월 정읍에서 열린 노회에 참석해 나는 신앙인의 양심에 입각해 부정선거 규탄 성명을 내자고 주장했지만 나이 든 목사들의 반대로 뜻을 이루지 못했다. 그 직후 4·19혁명이 발발하고 군사 쿠데타가 일어나자 민주 수호의 이름으로 개신교와 천주교의 성직자들이 나섰다. 정읍에서의 일로 그 일에 적합한 인물로 지목된 나는 지역 조직을 만들면서 연락 책임을 맡아 다른 지역의 성직자들과 일을 도모

했다. 그런 혈기를 성찰하라고 노회는 나를 설득해 독일 유학을 보낸 것이 아니었을지.

유학을 마치고 돌아왔을 때 세상은 얼음처럼 차고 단단했다. 다시 개척교회를 시작한 나는 유학 지식을 바탕으로 칼 바르트니 에밀 브루너 같은 신학자들과 칼 융이나 데카르트, 심지어는 마르크스를 섞어가며 설교에 멋을 부렸다. 그러나 그런 뜬구름 같은 허영으로는 신도의 털끝 하나도 건들 수 없었다. 자포자기한 사람처럼 허구한 날 깊어가는 허기를 육식으로 달랬다. 짐승을 잡아 내장을 파먹는 육식성의 가학을 본떠서라도 나를 다스려야 했다. 하지만 살점을 물어뜯던 송곳니의 기억이 나의 말을 구체적 질감으로 거듭나게 했는지 어찌 아는가.

교회가 아니라 바깥에서 나를 찾는 사람들이 나타났다. 나는 수배된 청년들을 교회에 숨겨주거나 따로 거처를 물색해주며 교회 바깥일로 뛰어다녔다. 전부터 내 목회 활동은 교회 내의 활동보다 심방 중심이었고, 복음을 전파하는 일보다 이웃 돌봄을 중심으로 진행됐는데 밤거리에 내몰린 이들에게 안식을 제공하는 행위 역시 다른 맥락은 아니었다. 전기가 변변치 않은 도시 외곽에서 심방을 마치고 돌아올 때 나를 기다리던 신도들의 청사초롱 불빛에 가슴 뭉클해지면 나는 그게 늑대의 길인가보다 했었다.

주말 예배 때 행한 설교 때문에 긴급조치 1호 위반으로 구속되면서 뜻하지 않게 생겨버린 나의 위상을 나는 어리둥절한 눈으로 지켜보았다. 나의 활동은 교회의 율법을 지키려는 소박한 행위에 불과했지만 면회를 온 사람들은 나를 소박한 눈으로 보지 않았다. 그들이 바라보는 내가 진정한 내가 아님을 말하고 싶었으나 사람들은 귀 기울이지 않았다. 그들을 설득하는 게 불가능하다는 걸 깨닫고서야 그들 눈에 비친 나로 살아야 할 내 자리가 슬프게 받아들여졌다. 그건 긴급조치 1호 위반 혐의로 처음 구속된 자가 져야 할 숙명이자 고독이었다.

평소 반정부적이며 국민의 자유에 대한 어떠한 제약도 반대할 뿐 아니라 10월 유신을 위한 개헌안과 계엄령 선포에 반대 의사를 표시해오던 자라고 검사는 나를 지칭했다. 그러나 나는 검사가 밝히는 공소 요지문의 그 푸석푸석한 문장들을 귓등으로 흘리며 젊은 판사의 얼굴을 주시했다. 검사의 말을 듣는지 아니면 무언가를 생각하는지 표정 없는 얼굴로 판사는 허공에 눈동자를 고정시킨 채 정자세를 유지했다. 수의를 입은 내가 시종일관 쳐다보는 것을 눈치챘을 테지만 아랑곳하지 않았다. 그를 바라보는 내 귀에 당근 부서지는 맑은 소리가 들렸다.

예상치 못한 집행유예로 풀려나온 나는 예배 외에도 많은 강연 자리에 끌려다녔다. 모두가 숨죽여 흐느낄 때 용기 있게 일어선 목사라는 칭송을 들으며 나는 연단에 올랐다. 훗날 팔십년대의 불꽃이 사윌 무렵 그 시절을 정리하면서 사람들은 시대의 뇌관을 건드린 공이라고 나를 치켜세웠다. 터무니없는 과찬이지만 그 평가가 옳다손 치더라도 그건 늑대의 삶을 살라던 허란숙이 들어 마땅한 칭송이었다. 혹은 인민위원회 시절의 여진족 전사 박산옥이나 만주로 간 아버지가 독립군이 됐을 거라고 수군대던 마을 아낙들이 들어야 하거나. 그들이야말로 나를 격발시킨 내 상상력의 진원지이자 흠모의 대상이었으니까.

교직을 그만둘 때 시작되지도 않은 사랑이 끝났듯 새로운 역할을 수행하게 되자 세속적인 것들이 곁을 떠났다. 갈비에 붙은 살점을 뜯고 뼈다귀까지 쪽쪽 빨아먹는 모습을 남에게 보이기 민망해 육식도 단념해야 했으니까. 훗날 잇몸이 무뎌져 잇새에 음식이 끼고서야 고기보다 풀이 질기다는 걸, 짐승보다는 그것들이 더 크게 울었다는 걸 깨달았지만.

팔십년대 중반쯤에야 나에게 집행유예를 선고한 판사를 다시 만났다. 내가 목사로 재직하던 교회에 유치부 때부터 다니던 학생이 서울로 대학을 가더니 미문화원 점거 사건에 연루돼 구속되었을 때 나는 버스를 대절해 교인들과 재판을 참관하기 위해 상경했다. 그때 학생들의 무료변론을 맡은 변호사가 예의 그 젊던 판사였다. 중년으로 접어든 그의 눈가에는 어느덧 주름이 잡히고, 이마 또한 넓어지는 기색이 역력했다. 유신 때와 달리 눈이 마주치자 그는 미소를 지으며 목례를 보냈다.

"그분이 학비를 대주셨어요. 어머니 같은 분이셨지요. 더 사셨어야 하는데…… 교통사고였지요."

재판이 끝나고 남부구치소로 학생을 면회하러 갈 때 같이 가자며 변호사가 승용차에 타기를 권했다. 그가 차를 운전하며 꺼낸 이야기 속의 주인공이 허란숙이란 것을 나는 단번에 깨달았다. 앞뒤 생략하고 직진 방식으로 사연을 들이미는 건 상대가 어떤 일의 당사자일 때에나 가능한 일이므로. 바이러스성 결막염 때문에 주머니에 넣고 다니던 손수건을 꺼내 눈을 훔쳤다. 한동안 대꾸할 말을 찾지 못하다 차가 서울을 벗어난 뒤에야 용기를 냈다.

"어디 사셨습니까?"

허란숙이 어디에 살았는지가 그녀에 관한 한 가장 궁금한 것이었는지 시간이 흐른 후에도 오래 씹어보곤 했었다. 결혼은 했는지, 했다면 자식은 있는지, 혹은 마지막까지 교직에 몸을 담았는지, 그리고 몇 살에 죽었는지. 그 모든 것보다도 나로부터 그녀가, 아니 그녀로부터 내가 어느 거리를 두고 살았는지 오직 그것만이 궁금했어야 하는지를. 물론 변호사의 답변을 듣고 났을 때 다른 질문은 의미가 없어지고 말았지만.

"도시에선 텃밭 있는 집을 구하기 어렵다면서 시골로만 도셨어요. 봄에 씨를 뿌렸다가 가을에 수확한 당근을 제자들에게 보내셨죠. 다른 건 관심 두지 않고 당근만 심었어요. 평생을 드실 것처럼."

아내가 죽고 죽음에 관한 의전을 끝낸 어느 날 군산을 찾아갔다. 화장터의 불구덩이에서 나와 잘게 바숴진 아내는 유골함에 담겨 납골당에 안치되었다. 이번에도 시신 처리와 안치 방식을 놓고 자식들 내외와 나 사이에는 이견이 존재했지만 역시나 아이들 뜻대로 모든 일이 실행되었다. 산 중턱에 묘를 쓰는 것보다 생활공간 가까이 모셔야 어머니를 한 번이라도 더 찾아뵙게 된다는 아이들의 의견에 꼭 그런 건 아니라는 말을 하려다 참았다. 납골당을 찾든 말든 그런 의지를 인정해주는 일이 그들에게는 위안이 될 것 같았기 때문이었다.

붉은 벽돌로 지어진 옛 군산 시청 청사는 헐리고 없었으며, 신생제과점이 영업을 하던 건물도 찾을 길이 없었다. 함석 간판을 매달고 있던 그 빵가게가 어느 자리에 있었는지 어림되지도 않았다. 당시 신생제과점과 경쟁하던 제과점 하나는 어느덧 명소가 되어 길거리까지 빵을 사려는 사람들로 북새통을 이뤘다. 빵을 사 먹을 생각인지, 아니면 제과점 자리를 확인하고 싶어 그곳을 찾았는지 치매를 앓는 얼굴로 나는 한참 서 있었다.

다시 버스를 타고 예전 중학교가 있던 읍내로 향했지만 그곳에도 옛 흔적은 남아 있지 않았다. 초가집과 기와집이 헐린 자리에 슬래브 집과 연립주택, 심지어는 아파트까지 들어와 행세를 하고 있었고, 내가 머물던 하숙집은 새로 뚫린 도로 때문에 집터조차 확인하기 어려웠다. 그나마 중학교는 옛 터를 지키고 있었지만 목조 건물이 아니라 시멘트 건물이 낙 조를 받고 있었다. 그네는 보이지 않았다.

군산을 거쳐 허란숙을 만났던 학교에 갔다 오는 길에 마트에서 당근을 사 한입 베어 물었다. 당근 대신 이빨이 부서질 것 같아 개수대에 뱉어버리고 이빨 자국 난 당근까지 함께 내던졌다. 햇당근의 촉촉한 질감뿐 아니라 당근 특유의 냄새도 느껴지지 않았다. 어디 당근뿐일까. 물어물어 찾아간 식당의 대구탕도 입에 맞지 않기는 마찬가지였다. 한 상은 팔지도 않아 고추기름 뜬 대구탕을 이 인분씩 시켜놓고도 한 숟갈 뜬후 식당을 나서기 일쑤였다.

"요즘 누가 그런 걸 먹는다고……"

매주 목요일에 와서 청소와 빨래를 하고 밑반찬을 만들어주는 가사도우미에게 어느 날 쑥버무리 이야기를 꺼내자 그녀가 정색했다. 쑥버무리를 입에 올릴 때는 내심 만들어보겠다는 말이 건너오길 기대했었다. 그녀가 집에 와서 하는 일은 별로 없다. 내가 닦아놓은 곳을 닦고 빤 것을 빨고 턴 것을 다시 털뿐. 그것들은 나도 할 수 있고 실제로도 하고 있는 일들이다. 그런데도 그녀가 목요일마다 나타나는 것은 그렇게 해야 마음이 놓이겠다는 아이들의 요청 때문이었다. 말년의 아내가 죽음을 관리받았는데 아이들은 미리부터 관리받을 대상으로 나를 분류했다. 나는 더 열심히 닦고 빨고 털었다.

쑥에 멥쌀가루를 묻혀 쪄내면 되는 그 간단한 쑥버무리를 파는 곳은 어디에도 없었다. 중앙시장 떡전 골목이나 남부시장 떡집에도 그런 것은 나오지 않았다. 하기야 그게 있다 한들 옛 맛을 느꼈을 리 만무하다. 여러 식당을 전전했지만 대구탕 한 그릇 비우지 못하고 당근 한입 깨물지 못하는 내가 어찌 쑥버무리에서 그 맛을 느낀단 말인가. 맛은 기억이며 맥락이다. 이십 리 길을 걸어 어느 날 학교에 찾아온 어머니가 점심 대신 먹으라며 내민 쑥버무리 맛은 겨울보다 춥던 이른 봄의 바람 끝과 거기 얹혀 있던 봄 내음, 바람을 막아주는 들판의 짚단에서 풍기던 기분 좋은 냄새와 짚단이 썩으면서 올라오는 온기, 허기를 채우던 자식의 모습에도 아랑곳없이 들판 저 멀리 시선을 풀어놓던 어머니와 그 어머니를 어른거리게 하는 눈물이 있어야 비로소 오롯해지는데.

그렇지만 나는 포기하지 않고 내 삶을 통과한 음식들을 찾아다녔다. 추위와 허기로 금방 무너질 것 같았지만 광화문 인근 커피전문점을 찾아 에스프레소와 생크림이 얹힌 허니브레드를 주문한 것도 다 그 때문이었을 것이다. 추위와 허기가 부추겨 만든 환상일 테지만 허니브레드에서 옛날 슈크림 맛이 살아날지 모른다는 희망을 품었던 것 같다. 그날 먹은 거라곤 상경하는 버스에서 시민단체 실무자가 나누어준 김밥 한 줄이 전부였는데 그때는 말 그대로 배고프면 춥고 추우니까 더 배고파지는 상태였다.

광화문으로 향하는 버스에 탑승하겠다는 의사를 전했을 때 시민단체의 실무자는 전화기 속에서 답변을 못하고 얼버무렸다. 잠시 후 그 단체의 책임자 격인 사람이 연로하신데 무슨 그런 행차를 하려느냐고 정중하게 나를 나무랐다. 팔십년대엔 젊던 그도 오십 줄에 접어든 것을 나는 알고 있었다. 귀찮아서가 아니라 안위를 염려할 뿐이라는 듯 그는 어휘 선택을 신중히 했고 목소리도 깍듯했다. 그때 박산옥이라는 그 여진족 인민군이 떠올랐을까. 시민단체 책임자에게 '사회적 삶'이란 말까지 들이밀며 나는 촛불 하나 들지 못할 안위가 얼마나 구차한 것인지 설명했다. 인민군을 따라 산으로 가겠다던 내게 홀어머니를 두고 어딜 가냐며 등을 떠밀던 박산옥, 그러면서도 '사회적 삶'을 살라는 당부만은 잊지 않던 여자. 물론 개인의 열의를 빼버리면 자부심 넘치던 그 신념이란 것들이 얼마나 허술한 체계인가를 나도 이제는 알 나이가 됐다. 그러니 같은 표현이라도 그녀와 나의 말 사이엔 간극이 존재할 수밖에 없다. 그렇지만 수화기 속의 시민단체 책임자는 또 어떤 언어로 '사회적 삶'을 이해하고 한숨을 날렸을까.

 아스팔트의 군중 속에 끼어 촛불을 켜 들었지만 어둠이 내리자 몸이 허물어졌다. 내내 나를 따라다니던 시민단체 실무자가 어디선가 가져온 담요를 씌워주었지만 녹는 듯하던 추위는 다시 몸을 괴롭혔다. 실무자가 깔판 두 개를 엉덩이 밑에 깔아주었을 때도 잠깐 낫다 싶다가 금세 척추를 타고 냉기가 올라왔다. 예전과 시위 문화가 달라져 가수들까지 나와 흥을 북돋는데도 눈이 흐려져 무대는 보이지 않았고, 관절도 삐거거려 집회에 집중할 수 없었다. 하는 수 없이 대열에서 나와 커피전문점으로 향하면서 성북동 사는 딸에게 전화를 걸었다. 딸아이는 급박한 목소리로 커피전문점 전화번호를 묻더니 조금만 기다리라고 일렀다. 그날 에스프레소와 허니브레드를 탁자에 놓고 빵에 얹힌 크림을 떠먹기 위해 스푼을 집어 들던 나는 세상이 기우뚱대는 걸 느끼며 졸도했다. 설령 그 크림이 입에 들어갔다 한들 무슨 맛을 느꼈을까. 맛이 아니라 기억을 길어 올리고 있었는데.

내가 깨어났을 때 팔뚝에는 링거 바늘이 꽂혀 있었다. 빛 때문에 눈을 찡그리다가 조금씩 적응이 되어 그곳이 입원실이란 것을 깨닫게 됐을 때 딸이 손을 잡았다. 정신이 드느냐고 물어 그렇다고 대답하자 밖으로 나간 아이가 아들들과 며느리들을 앞세우고 들어왔다. 지역의 시민단체 책임자가 병원까지 찾아와 죄송하다고 거듭 머리 조아린 일을 둘째 아들은 낮고 조용하게 전했다. 낮고 조용했지만 그건 시민단체 책임자의 말을 빈 힐난이었다.

"그랬겠구나. 내려가는 길로 사과를 해야겠다. 하지만……"

입이 건조해 혀와 입천장이 들러붙는 바람에 말이 나오지 않자 딸아이가 생수를 입술에 적셔주었다.

"이렇게 살아야 나는 나다."

그것은 설득의 말이 아니라 여러 사람을 번거롭게 한 일에 관해 용서를 비는 말이었다. 그러나 아이들은 늙은이의 고집 정도로 알아들었는지 토를 달지도 않고 고개도 끄덕이지 않았다. 머리가 나보다 희어진 사위는 아예 고개를 돌리기까지 했다. 그런 그에게나 다른 아이들에게 다시 이런 일은 없을 거라고 안심을 시키고 싶었지만 말을 삼켰다. 아이들을 향한 얄미움이나 자존심보다 그건 망설임과 미련에 가까운 감정이었다. 한 모금만 더 마셔보고 싶은 아쉬움 같은 것.

이틀을 더 누워 있다 퇴원한 나는 전주의 아파트로 내려와 사놓고 방치해둔 원고지를 꺼냈다. 유럽에서 돌아와 개척한 교회의 후임 목사가 교회사를 편찬하면서 나의 약전을 끼워 넣겠다고 청탁한 것을 차일피일 미루던 터였다. 새삼 남에게 내보일 삶이 뭐 있을까 싶어 밀어둔 것이지만 그쪽에서 원하니 시늉이라도 할 생각이었다. 원고를 채우면서 성글게 지난 삶을 돌아보았다.

새벽에 일어나 원고를 채우고 해가 높직할 때 천변을 걸었다. 그간의 기억을 좇아 끼니를 해결하고 집에 돌아와 쉰 후 다시 원고지를 채웠다. 해가 기울면 밖에 나와 천변을 걷다가 부담스럽지 않은 음식을 또 찾아 먹었다. 집에 돌아와 성경이나 젊은 시절에 보던 책을 들여다보고 텔레비전의 뉴스를 보면서 잠이 들었다. 나를 보태지 않아도 촛불 인파는 점점 많아졌고, 원고지도 앞으로 잘 나갔다. 촛불이 더 많아지고 해가 바뀌었을 때 원고 속의 나는 유학을 마치고 돌아와 육식으로 허기를 달랬다. 나는 여전히 새벽에 원고를 쓰고 산책을 한 후 가벼운 음식을 먹었다. 아이들의 안부 전화에는 걱정 말라고 안심을 시켰다. 해 질 녘에 다시 산책을 하고 옛 맛을 건져 배를 채웠다. 쓰는 일에 탄력이 붙어 지금의 나를 향해 내가 빠르게 달려왔다. 매일 새벽에 일어났고, 텔레비전을 보면서 잠들었다.

후임 목사에게 원고를 전하고 그와 점심을 먹은 후 아파트에 돌아와 큰아들에게 전화를 걸었다. 가급적 혼자만 내려오기를 청했으나 이튿날 그는 며느리와 함께 나타났다. 나는 그들에게 정신이 멀쩡할 뿐 아니라 어떤 일을 실행할 수도 있는 나의 건강 상태를 감사하게 생각한다고 말했다. 삶이든 죽음이든 관리를 받지 않겠다고 말할 땐 감기에 걸린 것처럼 몸이 뜨거워졌다. 나의 의지를 확인한 아들 내외가 울었다.

그간 내가 얼마나 많은 것을 먹었는지 계량할 방법은 없다. 그걸 명확히 알아낸다 해서 어떻게 하겠다는 생각도 없다. 다만 나의 한살이를 위해 얼마나 많은 것이 내 앞에서 스러졌는지 생각할 뿐이다. 물론 나를 위해 스러진 것들을 위해 나는 어떤 존재였는지 알 길도 없다. 그러니 나 역시 무언가의 먹이로 삼켜지는 게 마땅했다.

나는 북방의 어느 초원이나 거친 땅에서 늑대에게 내줄 살점을 생각했다. 혹은 티베트 어느 고원의 나무에 몸을 널어놓고 맹금류의 부리에 쪼이기를 상상했다. 누구 눈치 볼 것도 없이 아무도 모를 뿐 아니라 아무도 없는 곳에서 나를 해체하는 일은 매우 장엄할 듯했다. 하지만 그러자면 북방의 초원이나 티베트를 찾아가야 하는데 무사히 해낼 자신이 없었다. 남의 보살핌을 받으면서도 겨우 광화문 즈음에서 졸도한 내가 어찌 날아가고 오르고 건너가 그곳에 이른단 말인가. 설령 무사히 도착하더라도 늑대가 허벅지를 물고 흔들거나 독수리가 눈을 쫄 때 그 고통을 감당할 자신이 내게는 없다. 가장 비천하고 가장 나약한 비명을 지르며 온갖 것을 저주하고 후회하며 빌고 간구할 게 뻔하다.

나는 누울 자리를 찾았다. 땅을 내줄 사람이 선뜻 나서지 않았지만 다행히 내가 개척한 교회의 신도가 자기 소유의 야산 귀퉁이를 내주기로 했다. 늑대나 독수리의 배 속이 아니라 박테리아와 구더기에게 몸을 내주기로 했다. 내게 붙어 열심히 나를 분해해 살이 오른 그것들은 어느 설치류나 새의 입으로 들어가고 또 풀로 환생해 초식의 뒷다리를 살찌우고 다시 매의 깃과 삵의 털을 다듬어주겠지.

다시 끼니때가 돌아왔는지 아파트 창문 틈으로 청국장 냄새가 밀려온다. 아무래도 저쪽에서는 낮에 먹은 청국장을 데워 저녁상에 올릴 모양이다. 그렇지만 나는 먹을 만큼 먹었다. 더 먹지 않아도 된다. 그런데도 쑥버무리만큼은 먹고 싶다. 나는 내 삶이 별로 후회스럽지도 않다. 그때 그 여자의 허리를 그러안아 내 입에 그녀의 혀를 받아들이고, 그녀의 몸을 열어 안으로 들어갔다면 평생을 들끓던 몸은 그나마 견디기 수월했을까. 알 수 없는 노릇이지만 그것 하나가 후회스럽다.

곡기를 끊은 지 사흘째, 이제 나는 죽는다.

매머드

천안교도소 외국인 수용동 이사 하 칠방.

잠을 깬 아흐메드는 발가락을 꼼지락거리며 살아 있는 감각을 확인했다. 취침등 불빛이 눈꺼풀을 투과해 들어오고 담요 안에서는 새벽 한기와 체온이 조용히 몸을 섞는다. 저쪽에서 들려오는 코골이 소리는 얼마 전에 들어온 모로코인의 솜씨가 분명한데 화장실 옆 탄자니아 사내는 숨을 쉴 때마다 푸르르 푸르르 입술을 턴다. 먼저 와 있던 말리, 기니, 나이지리아 녀석이 출소하고 남아공이며 베넹과 토고에서 왔다는 자들이 수감됐다가 떠난 후 칠방에는 아흐메드를 포함해 모로코와 탄자니아, 세네갈에서 온 사람까지 네 명이 남아 있었다. 규칙인지 우연인지 이사 하 칠방에는 아프리카에서 온 자들만이 교대로 들락거렸다. 그러나 그들은 국내에서 문제를 일으켜 수감된 반면 아흐메드는 타국에서 붙잡혀 끌려온 처지였다.

불빛을 피해 관품으로 지급된 담요를 머리끝까지 뒤집어썼다. 취침등 불빛이 지워지면 몸마저 은폐되는 것 같아 사막으로 떠나는 여행에 호젓함이 더해진다. 교도소에 끌려온 뒤로 매일 되풀이되는 새벽녘의 이 여행이 어쩌면 그를 지금껏 살아 있게 했는지도 모른다. 아무리 포승을 둘러 철창 속에 박아놔도 몸에 찍힌 지난날은 가둘 수 없는 법인데 아흐메드에게 그건 크나큰 축복이었다. 물론 사막으로 돌아가 여행을 하다 보면 외출은 덧없이 끝나버릴 때가 많지만 적어도 그때까지는 지난날의 속살을 마음껏 헤집어도 상관없었다. 끝없이 펼쳐진 붉은 사막을 배경으로 그의 행로에 가장 많이 등장하는 건 역시 아내 하웨야와 아들 아지즈였다. 그들과 사막에 발을 딛고 서면 다로드족 유목민의 후예로 어느덧 그는 우뚝 솟아 있곤 했다.

사막에서는 그림자가 동쪽으로 늘어나면 풀을 찾아 떠난 아이들이 가축을 몰고 돌아온다. 수레바퀴 같은 태양이 지평선에 걸리면 더위는 시들해지고 동쪽에서 불어온 바람도 볼을 어루만지며 지나간다. 세상은 전쟁 같은 더위로부터 침잠하는 중이었고, 그때 두 살 난 아들 아지즈가 손등으로 눈두덩을 문지르며 고통을 호소했다. 아들 앞에 무릎을 꿇은 그가 눈꺼풀을 까 내리고 보니 눈꺼풀과 각막에 눌린 하루살이가 흰자에 붙어 있었다. 물론 깨끗한 물로 헹구면 금방 씻기겠지만 웅덩이에서 떠온 것이 전부인 물을 그렇게 허비할 수는 없었다. 그가 주변을 두리번거리자 아내 하웨야가 아들에게 얼굴을 들이대고 흰자의 하루살이를 살폈다. 이윽고 혀를 도마뱀처럼 내밀어 그녀는 아들의 동공을 부드럽게 핥아냈다. 이를테면 제 눈에서 가장 가까운 하루살이를 아지즈는 막상 볼 수 없었던 것인데 훗날 먼 곳에 끌려와서야 아흐메드는 자기가 속했던 세계를 제대로 보게 되었다.

대여섯 살 무렵부터 아흐메드는 가축을 몰고 나가 풀을 뜯겼다. 시계나 달력이 없었기 때문에 몇 살 때부터 그 일을 시작했는지 알 수 없었다. 달력과 시계가 없는 곳에서는 약속 시간 같은 걸로 조바심칠 일도 없고 때가 되면 맞이하는 죽음을 대화 주제로 삼지도 않는다. 어머니는 바구니에 넣은 우유를 흔들어 버터를 만들거나 낙타 젖을 짜는 일로 바빠 일곱이나 되는 자식의 생일을 기억하지 못했다. 당연히 그는 몇 시에 가축을 몰고 나가 몇 시에 돌아왔는지도 알지 못한다. 가끔씩 사막에 천막이 세워지고 총을 든 반군이 주둔하다 사라졌지만 서쪽에 그림자가 생길 때 가축을 몰고 나가 양을 숨기는 별이 뜨면 돌아올 뿐이었다. 나중에야 그는 하루를 쪼개놓고 눈금을 잘게 표시하는 시계에 맞춰 바깥 세계가 움직인다는 것을 깨달았다. 그 쪼갤 수 없는 것을 쪼개놓은 세상에 끌려와 그는 양탄자 위에서 바라보던 하늘의 별을 잃었다. 붉은 강처럼 흐르던 은하수며 남십자성. 이름 붙일 엄두도 낼 수 없던 그 많은 별들을. 비라도 내려야 양을 숨기는 별을 찾아낼 수 있었지만 그마저 이곳에선 도시의 불빛 때문에 매번 희미하기만 했다.

우기가 찾아와 비가 내리면 그가 살던 대지는 흙냄새를 피우며 빗물을 빨아들인다. 그러다 집중호우라도 내리면 빗물은 낮은 데로 흘러 간헐천을 이룬다. 그랬다. 빗물은 높은 데서 낮은 데로 흘러 길을 개울로 바꿨다. 하지만 어디 물뿐인가. 웅덩이가 바닥을 드러내고 가축의 먹이가 사라지면 어머니는 물통에 물을 담아 아버지에게 건넸다. 낙타에 물통을 얹고 사막으로 떠난 아버지는 며칠 후 새로 찾아낸 물을 물통에 담아 왔다. 아버지가 물을 발견한 곳이 가족의 새 보금자리가 되었는데 언제나 살길을 찾아 유목민은 낮은 데로 흘러들게 마련이었다. 그렇다면 지구 반대편에 끌려온 그 또한 살길을 찾아 흘러온 것일까. 그는 본래 호수에 담겨 찰랑이고 있었지만 누군가 바가지에 퍼 담아 황야에 끼얹은 물 같은 존재였다.

된장찌개 냄새가 코끝에 닿는다. 아침과 저녁은 외국인 수용자의 음식이 별도로 배식되지만 점심은 작업장에서 내국인과 먹기 때문에 냄새만으로도 그는 된장찌개를 알아맞힐 수 있다. 냄새의 강도를 통해 배식 절차가 어느 정도 진행됐는지도 짐작하게 되었는데 지금은 솥에서 들통으로 찌개가 옮겨지는 단계였다. 음식이 기결 수용동에 도달하려면 시간이 좀 걸리겠지만 오늘의 이 사막 여행은 어쨌든 끝나가고 있는 셈이었다.

"이세는 굴라이드의 아들이요, 굴라이드는 알리의 아들이고, 알리는 와이에이스의 아들이며, 와이에이스는 무함마드의 아들이고, 그 위로는 오스만, 또 그 위에는 마하무드……"

아흐메드는 할머니에게 배운 조상들 이름을 기도하듯 열거했다. 어린 시절 회초리를 든 할머니 앞에 앉아 불러주는 대로 조상들 이름을 외웠다. 가뭄 때문에 가축의 수가 줄면 아버지는 갈카요 같은 도시에 나가 막일로 가족을 부양했다. 그럴 때면 할머니가 집안 대소사를 떠맡았는데 조상들 이름을 가르치는 일 역시 그녀의 몫이었다. 만일 조상들 이름을 외우다 멈칫거리거나 틀리면 등짝에 사정없이 회초리가 떨어졌다. 조상의 이름을 외워야 자신이 누구인지 알 뿐 아니라 낯선 사람과 만나도 같은 부족인지 아닌지 확인할 수 있었다. 소말리아에서는 같은 조상을 두고 있으면 무조건 사촌이 되고 무슨 일이든 도움을 받게 된다. 교도소에 수감된 죄인을 같은 부족이라는 이유로 탈출시킨 간수가 대신 수감된 사례가 있을 정도였다. 특히 정치적 견해나 종족 문제로 내전이 격화된 뒤로는 가뜩이나 조상들 이름을 잘 알아둬야 했다. 물론 이 낯선 나라의 교도소에 수감된 지금 조상의 이름 같은 건 아무짝에도 쓸모가 없다. 그런데도 자리에서 일어나기 전이면 의식을 수행하듯 그는 조상들 이름을 거슬러가며 외운다. 선대의 이름을 읊조리다 보면 비애가 다소 누그러지고 어떤 의지 같은 게 생기기 때문이다. 선조의 이름을 입술에 얹을 때마다 저쪽에선 아들 아지즈에게 누가 회초리를 들고 자신부터 시작될 이름을 가르치는지 궁금했다. 자신이 돌아오지 않거든 케냐에 있는 다다브 난민수용소를 찾아가라 일렀지만 하웨야가 그 말을 따랐을지도 확신할 수 없었다. 과연 가족이 살아 있기나 한 건지 그는 의심스러웠다.

이사 하 칠방 수인들은 라면 박스를 붙여놓고 골판지를 얹어 만든 밥상에 음식을 올려놓고 먹었다. 아침 배식으로는 빵과 딸기잼, 삶은 계란과 시리얼과 우유가 나왔다. 사막에 살 때 아침은 굶거나 낙타 젖을 먹었지만 이곳에서는 하루 세끼 푸짐한 음식이 주어졌다. 아흐메드는 삶은 계란이 부식으로 나오는 월요일과 수요일과 금요일을 좋아했다. 사막에서도 닭을 키워 계란을 얻는 경우가 있었지만 삶아 먹기 위한 방편은 아니었다. 아버지는 가끔씩 계란 등속을 챙겨 갈카요나 장이 서는 마을에 나가 쌀과 옷감으로 바꿔왔다. 그런데 살아생전 당신은 그 맛난 것을 먹어보기나 하였을까.

모닝빵에 딸기잼을 바르면서 이제는 희미해진 아버지를 윤곽부터 떠올려본다. 농구선수처럼 껑충한 키에 칼로 빚은 듯 날카롭던 코, 꼭 필요한 근육과 살가죽만 붙어 있던 아버지. 어머니가 건넨 물병을 낙타에 싣고 물을 찾아 떠난 아버지는 며칠 후에 돌아왔어야 하지만 해를 넘겨서도 나타나지 않았다. 물론 행방불명된 아버지를 두고 반드시 죽었다고 단정할 순 없지만 살아 있으면서도 돌아오지 않을 만큼 그가 무책임한 사람은 아니었다. 새로운 초지를 찾아 그새 가족이 이사를 가버렸더라도 아버지는 귀신같이 집을 찾아냈을 것이다. 만삭의 아낙이 탯줄 자를 칼을 들고 바오밥나무 밑으로 몸을 풀러 간 사이 가족이 이사를 가기도 하지만 그때마저도 그녀는 새끼를 품고 집을 찾아왔으니까. 그게 유목민의 삶이었다.

건기가 찾아와 가축의 수가 줄면 생전의 아버지가 그랬듯 아흐메드는 갈카요에 나가 내전으로 무너진 집을 수리하거나 짐을 날라주는 일로 가족의 생계를 꾸렸다. 어느 날 사막에 군인들 막사가 들어서고 군에 들어오면 돈을 준다는 말에 형 둘이 민병대를 따라나선 후 그에게는 형수와 조카까지 부양가족으로 남겨졌다. 그렇게 민병대를 따라나선 형들은 돈을 보내오기는커녕 생사 여부조차 알려오지 않았다. 하는 수 없이 아버지가 했던 일들을 떠올리며 그 자취를 따라가보는 수밖에 없었다. 운전을 익혀 택시 운전도 해보았지만 내전이 격화돼 회사가 망한 후 그는 다시 막노동판을 전전했다. 만일 압둘라히를 만나지 않았다면 민병대를 따라나선 형들처럼 내전에 휘말리거나 아버지를 따라 세상과 결별했을지도 모른다. 무너진 학교에서 벽돌 더미 치우는 일을 할 때 얼굴을 익힌 압둘라히는 이 미터에 육박하는 큰 키에 슈퍼헤비급 권투선수처럼 어깨가 떡 벌어진 사내였다. 그가 하루는,

"이봐, 아흐메드. 카트 씹으러 갈래?"

갈카요의 모스크에서 나마즈를 끝내고 나오는데 등을 두드렸다. 사막에서 태어난 아흐메드는 카트를 즐기지 않았지만 낯선 도시에서 알은체해주는 압둘라히가 반가워 선뜻 그를 따라나섰다. 야자수와 식민지 시절에 지어진 이탈리아풍의 흰색 건물이 갈카요의 중심가에는 줄지어 서 있었다. 카트를 씹으러 갔는지 남자들은 보이지 않고 스카프 자락을 잡고 걷는 여인들만 그들을 스쳐 갔다. 사람과 가축으로 북새통을 이룬 시장은 호객하는 상인과 고객들의 아우성으로 메뚜기 떼가 붕붕대는 대평원을 방불케 했다. 밤이면 불꽃놀이 같은 총탄이 도시 외곽을 가로지르지만 그래도 망고와 옥수수를 파는 가게들로 시장은 활기를 띠고 있었다. 압둘라히는 단골인 듯한 가게로 들어서더니 일 달러를 주고 카트 한 다발을 샀다. 가게 한쪽 주점에서 사람들은 카트를 씹으며 소말리어와 영어, 서툰 이탈리아어로 떠들었다. 그들 틈에 앉아 압둘라히는 볼이 미어지게 카트 이파리를 우물거렸다. 그가 푸르스름해진 이를 드러내며 물었다.

"넌 어디에서 왔냐?"

"사막에서. 건기엔 도시에 나와 돈을 벌어야 하거든."

"난 보사소에서 왔어. 아버지는 전갱이와 청어를 잡는 어부였지. 시절 좋았어. 운이 좋아 황다랑어나 눈다랑어를 잡으면 몇 날 며칠을 걱정 없이 살았으니까. 난 보사소에서 중학교를 다녔는데 꿈에도 어부가 될 생각은 없었거든. 그런데 내전 때문에 학교가 없어져 하는 수 없이 아버지를 따라나섰어."

압둘라히는 카트를 삼키고 다시 잎을 훑어 입에 넣었다.

"근데 말야, 일을 배우기도 전에 어디선가 날아온 총탄에 아버지가 죽고 말았어, 젠장맞을! 죽기 얼마 전부터 고기가 잡히지 않아 더 멀리 나가게 됐다고 아버지는 푸념을 하더라구. 바다에서 밤을 새우는 날이 많아졌다면서."

카트 이파리에서 쓴맛이 우러나와 아흐메드는 콜라로 목을 축이면서 압둘라히의 사연을 경청했다. 콜라는 입에 대지도 않고 끝없이 카트를 씹으며 압둘라히는 아버지 이야기를 이어나갔다. 그의 아버지가 밤을 새우는 바다에는 고깃배뿐 아니라 드럼통과 커다란 자루를 투척하는 화물선도 함께 떠 있었다고 했다. 곤충들에게 치명적인 꽃이 그렇듯 그런 배들은 휘황한 빛으로 사람을 울렁거리게 했고, 규모로 보아 잘사는 나라 배들이 분명해 보였다고 한다. 섬처럼 우람한 배는 수십 척씩 나타나 드럼통과 자루를 투하한 후 동이 트면 홍해 쪽으로 사라졌다는 것이었다.

"몇 년 전에 인도양 저 끝에서 큰 지진이 났는데 이곳까지 쓰나미가 밀어닥쳤어. 배든 뭐든 다 부서졌단 말야. 그때 무슨 일이 있었는지 알아? 쓰레기."

"쓰레기?"

"세상의 쓰레기란 쓰레기는 모조리 바다에 떠 있었어. 엄청난 악취를 풍기던 기름띠와 폐기물들…… 그래서 고기가 안 잡혔던 거야."

카트 이파리가 바닥나자 압둘라히는 다시 한 다발을 사 왔다. 수염투성이인 얼굴 속에서 유난히 빛나던 흰자위가 흐릿해지면서 몸도 둔해져 보였다. 기분이 좋아져 끝없이 웅얼거리고픈 충동에 사로잡힌 모양인데 사람들이 '메르칸'이라고 부르는 상태에 접어든 눈치였다. 먼저 온 사람들도 비슷해서 주점 안은 손짓 발짓에 웃고 떠드는 소리로 귀가 따가웠다. 압둘라히가 카트를 씹는 사이 이번에는 아흐메드가 집안 이야기를 꺼냈다.

"우리 할아버지는 오가덴 전쟁 때 죽었어."

"시아드 바레, 그 무식한 놈. 사회주의가 뭔가를 한다고 툭하면 사람을 잡아 가두고 두들겨 패더니만 전쟁이라니."

반군에 쫓겨 나이지리아로 도망친 전임 대통령에게 압둘라히가 저주를 퍼부었다. 시아드 바레는 영국이 에티오피아에 임의로 끼워 붙인 오가덴 출신이었다. 그 오가덴을 되찾겠다며 소련이라는 뒷배를 믿고 그는 에티오피아에 덜컥 선전포고를 해버렸다. 동네 형이 도와줄 거란 믿음으로 자신보다 큰 덩치에게 싸움을 건 꼴이었다. 그러나 믿었던 브레즈네프가 에티오피아와 짝짜꿍이 되면서 육군 병력 절반을 잃은 끝에 소말리아는 대패했다. 그 오가덴 전쟁에서 전사한 할아버지 이야기를 할 때마다 아흐메드의 아버지는 서쪽 사막을 게슴츠레 바라보았다. 마치 국경 너머 어디에 할아버지가 살아 있다고 믿기라도 하는 것처럼.

"할아버지가 돌아가신 후 아버지는 아홉 명의 가족을 떠맡았대. 그런데 아버지가 행방불명되었을 때 난 몇 명을 떠안았는지 알아? 열한 명이야, 열한 명."

압둘라히는 말을 다 듣고 나더니 고개를 끄덕이며 아흐메드의 어깨를 두드렸다. 압둘라히는 결혼을 하게 된 사연이며 이곳저곳 떠돌아다닌 이야기를 신나게 떠들면서 염소처럼 카트를 씹었다. 취기 때문에 몸을 가누기 어려울 지경이었지만 기분이 좋아져 자기를 보려면 언제나 같은 시간에 찾아오라고 큰소리를 치기도 했다. 과연 같은 시간에 매번 그곳을 찾아가는지 며칠간 파트타임으로 부시 택시를 운전해주고 오후에 들러봤더니 정말로 그는 사람들과 시끄럽게 떠들면서 카트를 씹고 있었다. 보사소에서는 인도 영화를 흔히 볼 수 있지만 갈카요에서는 아무것도 할 수 없다며 고향 자랑을 늘어놓던 그는 아흐메드를 발견하자 인심 좋게 콜라를 샀다.

파트타임을 해서 생긴 돈을 가족에게 전하고 다시 갈카요에 나왔지만 벌이가 신통치 않았다. 더욱이 그 무렵 아흐메드는 삼십 달러에 달하는 디야로 머리가 깨질 지경이었다. 아흐메드가 속한 씨족의 어떤 남자가 다른 씨족 구성원과 물웅덩이를 놓고 다투다 그를 살해했고, 그 일을 해결하기 위해 씨족 대표로 구성된 원로회의가 열렸다. 원로회의는 오래전부터 부족들의 갈등을 조정해왔으며, 구성원들은 몇 달간 진행되기도 하는 원로들의 노고를 존중했다. 내전을 끝낼 방법도 원로회의밖에 없다고 떠드는 소리를 아흐메드는 갈카요의 길거리나 카트 가게에서 들은 적이 있었다. 딱 한 번 내전을 끝내기 위한 원로회의가 실제로 열린 일도 있기는 했다. 그러나 하위에족 반군 수장인 아이디드를 노리고 미국이 회의 장소를 폭격하는 바람에 칠십 명의 원로가 폭사했고, 천재일우의 기회가 신기루처럼 날아간 사실을 모르는 소말리아인은 없었다.

원로회의는 헤르에 따라 분쟁을 조정했으며 헤르에도 존재하지 않는 문제는 회의를 거듭해 결정을 내렸다. 성인 남성이 살해될 경우 헤르는 낙타 백 마리를 디야로 지급하게 했는데 물 문제로 발생한 살인에 관한 원로회의의 결정도 그것이었다. 디야는 씨족 남성들에게 고루 분배됐으며 그가 속한 씨족에게 부과된 금액은 개인당 오 달러였다. 부담은 되더라도 그 정도면 아흐메드에게도 불가능한 액수는 아니었다. 그러나 그가 책임을 맡은 집안의 남자는 아들 아지즈를 포함해 여섯 명이었다. 이 년 동안 비 한 방울 내리지 않아 가축 대부분이 죽고 걸핏하면 민병대가 출몰해 유목도 여의치 않은데 삼십 달러라니. 오랜만에 만난 어머니는 낙타 다섯 마리를 주겠다는 중늙은이에게 열세 살 난 여동생을 딸려 보내자고 제안했다. 갈카요에 다녀와서 결정하자며 시간을 벌어놓았지만 그사이 아흐메드에게 뾰족한 수가 생길 리 만무했다. 디야 지불 날짜를 코앞에 두고 혹시나 해서 찾아간 가게에 역시 압둘라 히는 눈이 풀린 채 카트를 씹고 있었다. 그가 수척해진 아흐메드를 보더니 무슨 사정인지 다 알아먹겠다는 듯 나직하게 속삭였다.

"가라카드에 가자! 돈을 벌게 해줄게. 아주 많이!"

문이 개방된다는 방송이 흘러나오고 일제히 수용동 거실 문이 열렸다. 아흐메드는 복도로 나가 다른 거실에서 나온 수인들 틈에 줄을 섰다. 기동순찰팀 대원들과 야간 당직자가 인원 점검을 했고 개방된 출입문을 빠져나가는 앞쪽 대열이 보였다. 수용동을 나서면 담장 너머로 산줄기가 드러나는데 봉우리 중턱까지만 단풍이 내려와 산은 두 가지 염료를 바른 치마 같았다. 잡티가 섞이지 않은 가을 하늘을 향해 사람들은 좋다는 둥 푸르다는 둥 감탄을 연발했지만 사막 위에 펼쳐진 사파이어 빛에 비하면 까짓것 백태 낀 눈동자라고 해도 과언이 아니었다. 그래도 닥쳐올 겨울보다는 이 계절이 한결 나았다. 이 나라에 처음 끌려오던 날 그 톱질하듯 파고들던 추위라니.

그날 비행기가 착륙한 뒤 머리에 씌워진 두건을 벗겨줘 고개를 들고 보니 정복 차림의 동양인들이 통로를 메우고 있었다. 그중 하나가 포승을 풀어주면서 비닐로 포장된 점퍼를 내밀었다. 집 떠날 때 입은 반팔 셔츠 위에 모자 달린 점퍼를 걸치자 정복 차림이 다시 포승을 한 뒤 팔을 끼었다. 그들에게 팔을 잡혀 트랩으로 나서는 순간 차가운 공기가 살갗에 닿았다. 사막의 새벽 한기보다 한층 날카롭던 북반구의 낯선 추위는 선인장 군락에 넘겨졌을 때처럼 독하게 살을 찔렀다. 트랩을 내려와 대기하던 버스에 탑승하자 동이 트는지 창밖이 희부윰해졌다. 버스는 강을 끼고 달렸는데 서쪽에 그림자가 생기기도 전부터 강 양안의 빌딩엔 야행성의 눈깔처럼 불빛들이 번득였다. 라이트를 밝힌 채 아스팔트 위를 질주하는 차들과 철교를 건너 콘크리트 더미에 파묻히는 지하철의 휘황한 행렬까지 보고 나자 그가 가본 갈카요나 가라카드는 어쩐지 개미굴처럼 생각되고, 그나마도 내전으로 개미핥기가 파헤쳐 놓은 몰골로 여겨졌다. 노을 물든 지평선이랄지 하웨야의 둔부처럼 완만한 구릉이며 낙타 목에 걸린 나무 방울 소리 등이 말끔히 지워진 세계. 이런 세상을 만들어 지탱하느라고 양껏 먹고 마신 끝에 이쪽 사람들은 힘없는 나라 바다에 오물을 내다 버렸을까.

"어이, 일이칠구! 빨리빨리…… 알지?"

작업장 탈의실에서 옷을 갈아입는데 누군가 알은체를 한다. 작업장에 들어가기 전에 수인들은 탈의실에 들러 입방복을 작업복으로 갈아입는다. 수용동 거실보다 작업장에서 생활하는 시간이 많기 때문에 출역 수용자들은 믹스커피 등을 사물함에 보관하기도 하지만 아흐메드는 작업복만 달랑 걸어놓고 생활했다. 말을 건넨 쪽으로 고개를 돌려보니 일사팔육이 내려다보는 포즈로 얼굴을 찡그리고 웃는다. 처진 눈꺼풀 때문에 고개를 쳐들어야 무언가 볼 수 있는 그를 수인들은 먼산이라고 불렀다. 바로 그 먼산과 중국 국적의 조선족이 아흐메드와 한 조였다. 이 자들은 어쩜 그리도 손이 빠른지.

조선족 일칠이삼이 박스에 담긴 쇼핑백 원판에 풀칠을 해서 건네면 아흐메드는 풀칠한 자리를 붙여 다음 차례의 먼산에게 밀어준다. 먼산이 아일렛 펀칭을 하고 손잡이를 끼운 후 쇼핑백을 박스에 담으면 공정은 끝이 난다. 워낙 간단한 작업이라 기술도 필요 없었다. 그러나 두 사람을 곁눈질할 때마다 그 현란한 손놀림에 아흐메드는 절로 경탄이 나왔다. 풀칠한 자리를 붙이기만 하면 그의 일은 마무리되지만 박스에서 물건을 꺼내고 집어넣는 과정이 있으니 먼산이나 조선족은 한 가지 공정을 더 수행하는 셈이었다. 그런데도 아흐메드의 눈앞에만 일감이 쌓였다. 손이 큰 것도 일에는 방해가 되었는데 손톱깎이를 만드는 공정은 아예 엄두도 낼 수 없었다.

"성님, 이번 달 안까이 접견은 왔음두?"

벌써 공정을 마친 조선족이 새로 원판을 꺼내며 먼산을 본다.

"오늘이나 내일쯤 올 거야. 딸래미 보고 싶다야."

말은 그렇게 했지만 먼산은 딸이 면회 오지 못하게 아내를 단속한다고 했다. 스피커에서는 한국의 대중가요가 쉴 새 없이 흘러나오고 바삐 손을 놀려보지만 오늘도 아흐메드는 두 사람의 속도를 당하기 어려웠다. 완성품의 양에 따라 급여가 달라지기 때문에 가뜩이나 둘의 눈치가 보였다. 사막에서는 초지만 찾아내면 양을 먹이는 일은 한가롭기 그지없는데 이쪽에서는 빠른 사람의 속도가 모든 일의 기준이 되었다. 사막에서는 가축들이 풀을 뜯는 동안 무리에서 떨어진 어린 양을 야생 개나 하이에나가 물어 가는지 살펴보고 맘바와 전갈에게 물리지 않도록 조심하면 그만이었다. 모래 위에 놀이판을 그려놓고 혼자 틱택토나 망칼라 놀이도 할 수 있었다. 빈둥거리는 사자 무리를 바라보다 시들해지면 굴 앞에 앉아 바위너구리가 나타날 때까지 시간을 허비해도 상관없었다.

"야 인마! 저 새끼 또 사회참관 나갔네."

먼산이 내려다보는 눈으로 아흐메드를 째려본다. 일감을 넘기지 않아 그의 작업대가 깨끗했다. 아흐메드가 부랴부랴 일감을 집어 들자 먼산이 조선족에게 커피나 마시자면서 의자를 밀치고 일어선다. 출입구 쪽 탁자에 커피포트가 있는데 먼산이 스위치를 켜고 밖에 나가더니 커피믹스 두 개를 가져왔다. 커피를 마시면서 뭔가 말을 주고받던 먼산과 조선족이 요란하게 허리를 젖히며 웃음보를 터뜨린다. 완성된 쇼핑백을 맞은편 작업대에 밀어놓고 다시 넘겨다보니 먼산이 아흐메드를 턱짓하고는 다시 고개를 쳐들며 킬킬거린다.

"햐, 이 깜둥이 새끼 일 해놓은 거 봐라. 제대로 붙이지도 않았네."

자리에 돌아온 먼산이 작업대에 놓인 쇼핑백을 부욱 뜯어내던졌다. 커피를 마시며 희희덕대더니 이참에 아흐메드를 아예 손봐주기로 결심한 모양이었다. 이쪽 말을 알아듣기도 전에 귀에 먼저 꽂히던 욕설. 더구나 이곳은 한번 밀리면 곱징역이 시작된다는 교도소가 아닌가.

아흐메드는 자리를 차고 나가 먼산의 멱살을 틀어잡았다. 머리 두어 개가 큰 아흐메드의 팔에 매달려 먼산은 피가 몰린 얼굴로 팔다리를 휘둘렀다. 그의 발길질이 무릎에 꽂히고 주먹이 눈두덩에 찍히자 머릿속에서 폭발음이 들렸다. 먼산을 패대기치려고 그를 어깨에 둘러메는데 사람들이 달려들어 둘을 뜯어말렸고 호각 소리와 함께 기동순찰대원이 뛰어들었다. 기동대원에게 팔을 잡힌 아흐메드는 잠깐 저항하다 힘을 풀었으나 먼산은 갈고리 같은 손가락을 흔들며 눈깔 잘 간수하라고 악을 썼다. 기동대원이 먼산의 팔에 수정을 채워 끌고 간 후 아흐메드 역시 징벌 수용동에 수감되었다. 그는 거실을 빙빙 돌며 중얼거렸다.

"이세는 굴라이드의 아들이요, 굴라이드는 알리의 아들이고, 알리는 와이에이스의 아들이며, 와이에이스는 무함마드의 아들이고……"

압둘라히를 따라 들어선 가라카드 해변의 한 식당에는 여러 명의 지원자가 도착해 있었다. 그곳에서 낙타고기 덮밥으로 배를 채우고 양철로 지은 창고로 이동하자 먼저 와 있던 사람이 AK47과 AK63을 지급했다. 개중에는 총을 능숙하게 다루는 자도 있었지만 아흐메드처럼 처음 만져보는 사람도 있었다. 초보자들은 소총 사용법을 배우고 해변에 나가 몇 발 쏘아본 후 이란 어선에 승선했다. 선수와 선미에 이란 국기를 매단 애라니호에는 선장을 비롯해 이란 어부 열두 명이 타고 있었다. 소말리아 앞바다에 나타나 치어까지 잡아가는 것을 민병대가 나포해 억류 중인 배라고 했다. 출항에 앞서 무리의 대장 격인 마무드는 총을 치켜들며,

"우리가 빼앗긴 것을 되찾아오자!"

사막의 열기처럼 뜨겁지만 건조한 소리로 외쳤다. 애라니호는 갈카요와 보사소에서 모집된 소말리아인 열세 명과 이란 어부를 싣고 아라비아 해역으로 나섰다. 선실에 갇힌 이란 어부를 감시하는 아흐메드와 압둘라히를 뺀 나머지 전사들은 조타실에 머물며 필요할 때만 이란인 선장과 기관사를 불러들였다. 무슬림이 대부분이었지만 멀미 때문에 마무드가 나누어주는 술을 조금씩 마시기도 하고 카트를 씹으며 사람들은 무료와 싸웠다.

애라니호를 타고 이동하는 동안 경험 많은 마무드는 사람들에게 소총 작동 요령과 사다리 설치 방법, 저항하는 화물선 선원을 제압하는 기술과 선실 수색에 관해 지루할 정도로 반복해 설명했다. 마무드는 농구선수처럼 큰 키에 콧날이 날카로웠으며 진중하고 과묵한 편이었다. 그는 소말리아 앞바다에 나타나 고기를 싹쓸이하는 외국 어선에 맞서 민병대를 조직해 바다를 지킨 사내였다. 언젠가는 꼬레라는 나라의 참치잡이 어선을 붙잡아 혼내줬다고도 했다. 그들 민병대 전사들이 위협 사격을 가하면 상대편에서는 살려달라며 달러를 내밀곤 했는데, 너희들은 모든 걸 돈으로 해결하려 들지? 처음엔 그렇게 꾸짖은 다음 돈을 돌려주었다고 했다. 그러나 그게 저들이 말하는 비즈니스임을 차츰 깨닫게 되었다는 것이었다.

육지를 떠난 지 한 달쯤 되었을 때 인도양 북쪽 공해에서 화물선을 발견했다. 애라니호에서 고속보트를 내리고 마무드는 다섯 명의 전사에게 출진을 명했다. 소총을 소지한 다섯 명의 전사는 RPG-7과 포탄 네 발을 싣고 출동했다. 보트는 보사소 출신의 경험 많은 사내가 몰았는데 모선인 애라니호가 도착할 때까지 그 사내가 선발대의 지휘를 맡기로 했다. 검푸른 파도에 맞서 고속보트는 물장구치듯 수면을 치면서 최대속도로 먹이를 향해 돌진했다. 애라니호가 부지런히 쫓아갔을 때 상선이 하드포트로 최대변침을 하는 바람에 파도에 떠밀린 고속보트가 금방이라도 뒤집힐 것처럼 솟구치는 게 보였다. 화물선 쪽에서는 경보음이 다급하게 삑삑거렸고 낯선 말로 외치는 방송음도 흘러나왔다. 그러나 가랑잎처럼 흔들리는 보트 안에서도 전사들은 능숙하게 사다리를 조립했다. 이윽고 점퍼 역할을 맡은 압둘라히가 긴 발과 팔을 뻗어 화물선 우현에 걸린 사다리에 매달렸다. 애라니호의 선수에서 그 모습을 바라보던 아흐메드는 평소 카트에 취해 흐느적대던 압둘라히의 변모에 혀를 내둘렀다. 슈퍼헤비급 선수 같던 그는 사다리에 매달려 왕거미처럼 날렵하게 상선에 올라서서 선교에 총을 난사했다. 뒤이어 이란 선원 감시조 네 명을 애라니호에 남긴 나머지 전사들이 차례로 상선에 올라 선실을 수색했다. 선원들의 신병을 확보하지 못하면 배를 운항할 수 없기 때문에 그들을 찾는 일이 무엇보다 중요했다. 더욱이 선장이나 항해사가 VHF로 인근 상선과 전함에 납치 사실을 전했을 것이므로 지체할 시간이 없었다.

한 시간쯤 선실과 주방 등을 수색한 끝에 마침내 전사들은 선원들이 대피해 있는 선미 쪽 로프실을 찾아냈다. 소식을 듣고 달려온 마무드가 로프실 문을 두드렸으나 반응이 없자 부수라고 명령했다. 전사 하나가 해머로 출입구 손잡이를 내리치는데 땀으로 번들대는 피부에서 햇빛이 반짝였다. 사람들이 돌아가며 해머질을 하자 안에서 뭐라고 외치는 소리가 들리더니 잠시 후 문이 열렸다. 전사들은 총을 겨눈 채 물러섰고 벌어진 문틈으로 손을 든 몽골리안이 나타났다.

프로펠러 소리를 들은 것 같지만 착각인가 싶어 아흐메드는 찬찬히 주위를 둘러보았다. 세상은 동트기 직전의 초록빛 일색이었다. 전날보다 파도가 높았지만 그럭저럭 견딜 만했고 무엇보다 사흘 후에는 소말리아 해역에 도달할 거라고 했다. 그러나 그 사흘을 무사히 날지 장담하기 어려웠다. 며칠 전에도 링스헬기와 군함이 나타나 교전 끝에 격퇴했지만 저들은 바다 끝 어디선가 기회를 엿보고 있을 게 틀림없었다. 상선을 나포한 후 마무드는 약속한 대로 이란 어선 에라니호를 풀어줬고 사막의 한낮처럼 바다가 고요해졌지만 폭풍우가 밀려오고 있었다. 더욱이 적들의 공격은 새벽녘에 진행되기 때문에 경계를 소홀히 하지 말라는 엄명이 반복해 내려오고 있었다. 서쪽을 향해 배는 최대 속도로 파도를 갈랐다.

프로펠러 소리가 가까워지더니 우현 선수 쪽에서 갑자기 헬기가 떠올랐다. 아흐메드가 조타실에 공격이 시작됐음을 알리고 밖에 나서는데 쾅쾅쾅쾅쾅 링스헬기에서 레이더와 통신안테나에 무력화 사격을 실시했다. 링스헬기와 함께 얼마 전에 퇴각한 군함이 좌현으로 접근해 선교에 사격을 가했다. 그 바람에 선교에 있던 전사 한 명이 주저앉듯 고꾸라졌다. 그 모습을 본 마무드와 전사들이 주뼛거리는 상선 선원들을 앞세워 윙브릿지에 나타났다. 선원들을 인간방패 삼아 헬기와 전함의 사격을 무디게 하려는 전술이었다. 하지만 어둠을 가르는 섬광이 그편을 향해 집중되자 포로들은 엄폐물을 찾아 자리에 엎드리기 급급했다. 마무드는 하는 수 없이 조타실로 퇴각했다.

"넌 내 뒤에 꼭 붙어 있어!"

동생을 타이르듯 아흐메드에게 말하며 압둘라히는 선미 쪽 갑판을 응시했다. 적이 침투할 경우 선교에 접근하지 못하게 저지하는 일이 그들의 임무였다. 헬기와 군함에서 날아온 총탄이 철판에 맞아 불꽃을 일으켰고 조타실 유리창 깨지는 소리가 고막을 갈랐다. 선교 안에서 RPG-7 포탄 한 발이 꼬리를 끌며 날아갔지만 소득 없이 빗나가자 포탄을 피해 떠올랐다 하강한 헬기가 무자비하게 총탄을 퍼부었다.

헬기에 신경 쓰는 사이 로프를 걸고 침투했는지 갑판에 검은 그림자들이 나타났다. 일렬종대로 조준 자세를 한 채 그들은 날렵한 걸음으로 갑판을 질러왔다. 그 모습에 어깨를 들썩이며 심호흡을 하던 압둘라히가 벌떡 일어나 자동사격을 가했다. 반격을 받은 군인들은 엄폐물 뒤에 몸을 숨기면서 차분하게 대응 사격했다. 철제계단을 때린 총탄이 불꽃을 일으키며 튀어 오르자 압둘라히가 자세를 낮추며 기대오는데 묵직하게 얹히는 체중이 느껴졌다. 바다를 싸고 돌던 보랏빛은 완연히 묽어져 있었고, 자꾸만 무거워지는 압둘라히의 셔츠에 축축한 것이 번지는 게 보였다. 아흐메드가 그의 앞섶을 손바닥으로 막자 기도에 피가 차올라 그릉거리는 소리로 그가 물었다.

"보사소는 얼마나 먼가?"

아흐메드가 말했다.

"사흘이면 된댔어."

압둘라히는 피거품을 물면서 고통스러운 음성으로 기도를 올리기 시작했다.

"저희를 바른길로 인도하소서. 당신의 노여움을 산 자들과 방황하는 자들이 아닌 은총을 주신 자들의 길로 저희를 인도하소서⋯⋯"

알라께 올리는 기도가 끝나기도 전에 계단을 타고 군인들이 올라왔다. 총구가 눈앞에 나타났지만 아흐메드는 기도가 끝날 때까지 압둘라히를 안고 있었다.

"추방돼 돌아가면 너처럼 해적이 될 거야."

아흐메드가 처음 천안교도소에 왔을 때 먼저 수용돼 있던 나이지리아 출신 에그비데는 출소하기 얼마 전부터 그렇게 속삭였다. 맹그로브 숲 사이를 흐르는 니제르강과 삼각주 일원에서 해적으로 활동하는 사람을 안다고 했다. 니제르강 삼각주의 석유는 미국 선박에 실려 대서양으로 빠지는데 채굴 현장을 오가는 보급선 또한 끊임없이 강을 오르내린다고 했다. 원유를 채굴하는 과정에서 맹그로브 숲은 파괴되고 삶의 터전이 오염되자 원주민은 사냥이나 고기잡이 대신 보급선을 납치해 생계를 유지하게 됐다는 것이었다. 에그비데는 돌아가 그 일을 하겠다며 웃었지만 그가 해적이 되든 말든 외국인 재소자는 출소하는 즉시 추방된다는 사실만이 충격이었다.

"담당님!"

그가 복도에 대고 외치자 발소리와 함께 시찰구에 박 교위의 얼굴이 나타났다. 얼마 전까지도 외국인 수용동에서 근무했던 사람이라 둘은 친숙한 사이였다.

"일사팔육에게 사과할게요."

아흐메드의 말에 박 교위가 보일 듯 말 듯 미소를 지었다.

"왜 그런 생각을 했죠? 징벌이 무서워요?"

"일사팔육은 딸이 있어요."

아흐메드는 가석방 대상이 아니지만 내국인은 사정이 다를 수도 있었다.

"이 정도 다툼으론 징계위가 열리지 않아요. 다친 사람도 없고 기물이 부서진 것도 아니니까. 그렇지만 뜻은 전하죠."

박 교위는 걱정하지 말라며 고개를 끄덕였다. 복도 저쪽에서 음식 냄새가 풍겨오고 배식이 시작되었다. 식빵과 버터, 생선가스에 오이연근샐러드가 곁들여지고 우유가 나왔다. 식판을 물리자 짧은 가을 해가 떨어지면서 창밖에 어둠이 내렸다. 징벌방에는 텔레비전도 없어 우두커니 앉아 시간을 보내는데 야간 인원 점검이 끝날 무렵 문이 개방되었다. 아흐메드를 계호하며 박 교위는 징계위원회가 열릴 것도 없이 훈계 조치로 상황이 종료됐다고 설명했다.

"하지만 아흐메드 씨, 여기선 싸우면 안 돼요."

수번 대신 이름을 불린 것에 불과했지만 통증이 지나갔다.

"안 싸워요. 절대로!"

"이 나라는 잘못을 저지르면 대통령도 감옥에 가요. 잘 지내다 고향에 가야죠."

아닌 게 아니라 지구 끝까지 그를 끌고 온 이곳 대통령이 사람들 미움을 사 교도소에 수감됐다고 했다. 전직 대통령이 수감됐다는 말을 듣고 아흐메드는 종종 그와 만나는 상상을 했다. 그에게 묻고 싶은 게 있었다. 왜 자신을 이곳에 끌고 왔는지, 조사를 받거나 재판을 받으러 가면 기자들은 쉴 새 없이 플래시를 터뜨렸는데 사진을 신문에 박아 전시하려고 끌고 왔는지. 대부분의 나라는 생포한 해적을 케냐의 쉬모라테와 감옥으로 보내는데 그는 왜 이곳까지 사람을 끌고 와 쇼를 벌였는지. 시계도 달력도 없이 산 사람답게 아흐메드는 출소 날짜를 손꼽는 짓 따위 하지 않았다. 하지만 갇혀 지낸 시간보다 남은 날이 적다는 건 알고 있었다. 형기를 마치고 추방돼 돌아가면 배신자라는 낙인이 찍혀 몸 어느 구석에 총알이 박히겠지. 이쪽 규칙에 포획된 자는 그쪽 사정을 고해바친 인물로 취급되니까. 그런데도 저쪽에서 받게 될 형벌에 이쪽은 무관심하다. 그게 기름진 음식을 먹고 몸을 화려하게 치장하는 자들이 살아가는 방식일까. 가끔씩 그는 청년이 되어 있을 아지즈를 떠올려본다. 가슴이 두근거린다. 해적이 되었을까.

천안교도소 외국인 수용동 이사 하 칠방.

새벽에 눈을 뜨면 하웨야가 떠오르는데 늙지도 않은 얼굴이다. 천막 옆에 불을 피우고 이야기를 나누다가 어린 동생들이 쓰러져 잠들자 하웨야는 아들 아지즈를 천막에 누이고 그의 앞을 지나 자기 자리로 돌아간다. 아지즈를 눕히고 나온 그녀의 몸에서 유향 냄새가 나는데 저쪽으로 옮기자는 노골적인 의사표시인 셈이다. 깔고 앉은 양탄자를 말아 옆구리에 끼고 하웨야에게 다가가 손을 잡는다. 어둠이 지상의 모든 걸 먹어 치워 저 앞은 세상 끝으로 떨어지는 절벽처럼 아득하기만 하다. 양탄자를 내려놓자 하웨야가 두 팔로 목을 그러안으며 그에게 매달린다. 대지에 누워 그것과 하나 된 몸을 열고 들어가면 비를 머금은 땅처럼 그녀는 벌써 촉촉하고 입에서 터지는 열락의 소리도 양 떼를 부르는 소리처럼 감미롭기만 하다.

"압둘라히와 가라카드로 떠날 건데 실은 좀 겁이 나."

가쁜 숨을 쉬며 속삭이자 하웨야가 철썩 뺨을 갈긴다.

"명예를 위해 싸우지 않는 자는 노예나 다름없어. 다로드족은 구걸하느니 훔치는 거 몰라? 가서 물을 찾아와. 아이를 열 명쯤 낳고 살 거야."

그녀의 손매가 매운 건지 아니면 부끄러움 때문인지 하웨야의 목소리가 들려오면 뺨이 먼저 얼얼해진다. 만에 하나 뭔가 착오가 생겨 꿈에서처럼 사막으로 돌아가게 된다면 어느 구석에 있든 그는 가족을 찾아낼 자신이 있었다. 사막에서라면 흑멧돼지만 따라가도 물을 만날 수 있고, 거기엔 양 떼를 먹이며 느릿느릿 움직이는 사람도 있을 테니까. 하늘을 메운 별과 세상을 지워버린 어둠, 바람과 대지를 받아 안고 그 몸으로 사랑을 나누면 다섯이든 열이든 아이가 태어나겠지. 그 아이들이 가축을 몰고 나간 후 하웨야는 바구니에 넣은 우유로 버터를 만들고, 밤에 모닥불을 싸고 도란거릴 때 모래알 같은 것들로 하늘은 온통 빛날 것이다.

과연 그날은 올까. 인샬라!

386번지

엄마 생일에 맞춰 고향에 내려간 날 서울에서 딸이 온다고 엄마는 맛있는 음식을 장만했다. 어디에서도 맛볼 수 없는 엄마표 동태찌개 같은 것. 아마도 엄마는 나를 자랑하고 싶었을지도 모른다. 엄마의 지인들은 걸핏하면 나에 관해 물었다고 한다. 니 딸은 4학년이 되었겠구나, 벌써 대기업에 취직한 건 아닌지 몰라, 외국 유학을 보낼 생각인가…… 그때마다 엄마의 목소리는 한 옥타브 올라가고 얼굴에서도 화색이 돌았다고 했다. 군 단위 소읍도 아닌 도청소재지에서 그해에 내가 간 대학교에 합격한 학생은 단 세 명에 불과했다. 고향 동네 동사무소에 나의 합격을 축하하는 현수막이 일 년 내내 걸려 있었다고 말하면 누가 믿을까.

집에 내려간 지 이틀째 되는 날 엄마와 드라이브를 했다. 난데없이 엄마는 자기 태어난 곳을 보고 싶다며 동행을 요구했다. 엄마가 태어난 생가는 팔린 지 오래여서 외가 마을에 남은 거라곤 뒷산의 산소뿐이었다. 엄마는 당신의 부모에게조차 나를 자랑하고 싶었을까. 그날 외조모부의 산소를 거쳐 다시 시내에 들어섰을 때 엄마는 간절한 것이 이루어졌을 때 나오는 게으르고 만족스러운 한숨을 쉬었다. 커다란 날숨에 으흠 소리가 섞여 나오는 안도와 이완의 문양. 뭔가 하고 싶은 말이 있음을 간파한 내가, 뭔데 그래? 그렇게 묻자 엄마는 금세 얼굴에 홍조를 드러냈다. 팔십년대에 이곳에서 데모를 하는데 최루탄이 터져 눈썹에 파편이 박혔지 뭐야. 그래서 지금 내 눈썹이 짝짝이란다. 그때 피 흘리며 쓰러진 엄마를 업고 병원까지 달려간 사람이 아빠라는 사실은 다른 이야기 틈새에서 확인된 바였다. 그럼 문신을 하지 그래. 내가 문신을 왜 하니? 훈장인데! 그때 속으로만 말하고 입 밖에 내지 않은 소리가 있었다. 어휴, 꼰대!

엄마의 고향에 다녀와 내 방에서 한숨 자고 났더니 칼도마 소리가 들리고 새우튀김 냄새가 났다. 문을 열자 우리 딸 일어났냐며 엄마는 튀김을 입에 넣어준다. 엄지척을 해주고 많이 못 먹으니 조금만 만들라고 하자 친구들이 방문하기로 했다며 겸사겸사 만드는 거라고 했다. 아항, 그 무슨 프로젝트. 그즈음 엄마의 대학 동기들은 중앙부처와 지자체가 공동으로 진행하는 무슨 프로젝트를 땄다며 뻔질나게 회의를 하는 눈치였다. 내가 고등학교에 다닐 땐 만났다 하면 정권을 성토하더니 대학을 마칠 즈음 광화문까지 몰려와 촛불을 들고, 이제는 프로젝트 때문에 머리를 맞대는 모양이었다. 바로 그 동지들이 방문한다는 것인데 어쩌면 엄마 생일을 빙자해 나를 자랑하고 싶었을지도 모른다. 하여간 어른들 유치한 걸 누가 모른단 말인가. 샤워를 하고 났더니 창밖이 어두워지고 헤어드라이어 소음 사이로 초인종 벨이 울린다. 헤어드라이어를 끄고 빠끔히 열린 방문을 닫는다. 다시 초인종 소리, 또 초인종 소리. 야, 잘난 니 딸은? 거실에서 들려오는 소리에 엄마가 인사라도 하랄까 봐 가슴의 뼈마디가 조여지며 숨이 가빠진다. 졸음이 밀려오겠다는 신호. 정상적이었다면 지난번 시험에서 좋은 소식을 전할 수 있었는데 숨이 가빠지면서 졸음 앞에 무너졌다. 시험 감독이 나를 흔들어 깨웠을 때 모든 상황은 이미 끝나 있었다.

침대에 파고들어 유튜브를 연다. 철 지난 유행가인데 최근 열심히 듣는 곡을 클릭한다. 어떤 절대적 순간이 지났을 때 그것을 적나라하게 환기시키고 위로해주는 것은 유행가밖에 없다. 특히 사람들 관심에서 멀어진 곡일수록 그 절박함을 생생히 끌어다댄다. ……이런 몹쓸 병 몹쓸 병 숨이 막혀 죽을 것 같아 지독한 병이지 어제도 오늘도 너무 아프기만 해 그냥 멍하니 눈물이 흘러……*

내가 사라졌다. 내 기억이 아니라 내가 통째 사라졌다.

그날 이후 나에 대한 것들은 모조리 기억에서 지워졌다. 카톡이나 메일의 비번 같은 것, 휴대전화의 패턴이랄지 가까운 사람의 전화번호까지. 심지어 내가 누구와 친하게 지냈는지, 그들과 어떤 식으로 교류했는지도 알 수가 없다. 카톡에 온 메시지를 보거나 메일을 열기 위해 숫자와 기호를 조합해봤지만 비번을 찾지 못했다. 휴대전화 상단에 카톡 알림창이 밤낮없이 뜨지만 메시지를 확인하지 못할 때의 답답함을 뭐라 말해야 할지. 단톡방에 들어가 수다를 떨고 기사 검색도 해야 하는데 방법이 떠오르지 않는다. 그래서 기억이 아니라 내가 통째 사라진 건 아닌지 의심하게 됐다. 어떻게 나를 알아낼까.

노량진역 3번 출구에서 올라와 고시원과 독서실, 저렴한 식당과 삼각김밥이 진열된 편의점을 지나 거처로 돌아왔다. 고시원 문을 열었을 때 눈에 띈 것은 벽에 붙은 일인용 침대와 벽면의 책상, 그리고 책상 끝 쪽에 유리 벽으로 구획된 화장실. 벽에 부착된 책꽂이는 붙박이 수납장으로 연결된다. 외방 창은 없고 책꽂이 옆에 손수건만 한 내방 창이 복도의 불

* 러브홀릭의 「러브홀릭」.

빛을 받아들인다. 책꽂이에는 몇 권의 문제집과 한국사 교재가 꽂혀 있는데 빈 책꽂이 바닥에 직선으로 그어진 먼지 자국이 빠져나간 책들을 암시하고 있다. 책들은 침대 발치에 놓인 상자에 담겼을까. 택배 상자는 테이프로 봉해지고 겉면에는 집 주소가 적혀 있다. 안덕원로 386번지 삼경아파트 3동 506호. 그리고 그 밑에 엄마의 이름. 시험을 보다 잠을 자버린 날 짐을 꾸렸을까.

의자에 앉아 노트북 컴퓨터 옆에 놓인 경제학 기출문제집을 펼쳐본다. 문제를 풀고 붉은 펜으로 채점했는데 틀린 문제가 거의 없었고, 틀린 문제 옆에는 오답에 이른 과정이 깨알같이 메모돼 있다. 너의 사고가 아니라 그들이 요구하는 답변을 들려줘. 아프리카와 카리브해 연안의 자연이나 그곳 사람들이 아니라 우리의 이익 말이야. 세련된 탐욕. 머리칼 속에 손을 넣어 두피를 긁적인다. 다시 문제집을 넘기다 찢어진 노트에 휘갈긴 메모를 발견하고 스탠드 불빛에 비춰본다. 영어 번역문이 우리말로도 좋은 글이 될 때까지 반복해서 쓰기, 관련 논문과 외교부 보고서를 챙겨볼 것, PSAT가 요구하는 사고 패턴에 나를 맞출 것.

노트북에 전원을 넣는다. 노트북이 부팅되는 동안 책상에 놓인 휴대전화 상단에 카톡 메시지 알림창이 뜬다. 전화기 패턴을 해제해야 메시지를 읽을 수 있듯이 컴퓨터를 이용하려면 비밀번호를 입력해야 한다. 내 생일일까. 그러나 오류. 아라비아 숫자 열 개를 조합하는 일로도 생애가 부족할 텐데 알파벳과 여타 기호까지를 포함한다면 목숨 열 개로도 감당이 안 될 것 같다. 세계는 실물의 연계와 총합이 아니라 기호와 추상의 알고리즘일까. 누구와 어떤 문자를 주고받았는지 알 수 없으므로 내 대인관계가 어느 수준으로 직조되었는지 알아낼 수 없다. 따지고 보면 타인을 이해했던 것보다 내가 나를 더 몰랐던 것 같다. 걔는 이기적이고 냉정하다고 말했지만 나는 냉정한지 따뜻한지, 예쁜지 평범한지.

책꽂이에 붙여놓은 생활계획표에 시간대별로 하루의 계획이 나열돼 있다. 그중 기상 다음 칸에 쓰인 돌돌 말린 소시지 도넛이란 글씨와 오후 시간의 도림천 산책, 취침 전 담배 한 대라고 쓰인 글자가 눈에 띈다. 아침엔 식사 대용으로 돌돌 말린 소시지 도넛을 먹었구나. 하루 한 대지만 자기 전에 담배를 피운 것도 생소하고 매일 도림천을 산책했다는 점도 이물스럽다. 학교 동기나 선후배를 마주칠까 봐 신림동에서 노량진으로 옮기겠다는 각오를 엄마에게 밝힌 기억이 나는데 애써 떠나온 곳을 산책하다니. 운동 차원이라면 노량진역 건너 사육신공원이 그럴싸하지. 지하철을 갈아타면서까지 도림천변을 걸어야 했다면 아는 사람과 맞닥뜨릴 위험보다 더 큰 유혹이 도사리고 있어야 했다. 무슨 미련을 떨궜을까.

압정으로 꽂아놓은 생활계획표를 따라가는 일이 나를 찾는 한 방법이 되겠다 싶어 일상을 의탁하기로 했다. 컵밥촌의 컵

밥으로 점심을 해결한 다음 신도림에서 지하철을 갈아탄 후 신림역에서 내렸다. 2번 출구로 나와 큰길을 따라가자 어느 순간 숨바꼭질하듯 도림천이 펼쳐진다. 내가 다닌 고등학교 인근 아중천과 비슷했고, 고적한 분위기랄까 변방의 이미지까지 닮은 데가 많았다. 그런 기시감 때문에 이곳을 산책했다고 말하면 상상력 빈곤일 테지. 철물점과 편의점, 한의원이나 보일러 가게. 그러나 아무리 둘러봐도 나를 특정할 무언가는 찾아질 것 같지 않다.

이번에는 반대편 천변으로 길을 내려온다. 승리교를 건너 도림천을 버리고 신림로의 인파에 몸을 섞는다. 다리도 쉴 겸 길가 커피전문점에 들어가 이층 구석 자리를 찾아 앉는다. 하필 흡연실 쪽이어서 문틈으로 연기가 새 나왔지만 옮기기 귀찮아 버티기로 했다. 테이블 건너 여자애 둘이서 아이스티를 놓고 쉴 새 없이 이야기를 주고받는다. 그녀들의 화제가 궁금해 고개를 틀고 대화를 감청한다. 전체 이야기는 알아들을 수 없지만 그중 하나의 입에서 나온 젠더프리라는 말이 귓바퀴를 감는다. 물론 나는 젠더프리는 아니지만…… 뭐…… 뜻이 통하는 사람끼리 은밀한 의견을 교환할 때 신중한 몸짓이 만들어지고 시대의 담론을 탐색하려는 진지함이 드러난다. 가장 선진적이고 절박한 의제를 다룬다는 듯. 엄마나 아빠들이 한때 했을 법한 포즈 아닌가.

편의점에 들러 담배 한 갑과 라이터를 사고 내가 태어난 도시의 이름을 건 식당에서 순댓국을 먹었다. 고시원에 들어온 후 밖의 소란이 잦아들기를 기다려 옥상으로 올라간다. 옥상에는 공시생들이 차를 마실 수 있는 공간이 있고 벤치도 놓여 있다. 구석을 찾아 담배에 불을 붙이고 연기 한 모금을 들이켠다. 둔기에 맞은 듯 머리가 묵직해져 난간을 틀어쥔다. 밤 늦은 시각 철 지난 노래를 들으며 담배를 피웠을까. ……이런 불치병 불치병 아무것도 할 수 없잖아 못 견뎌낼 거야 내일도 모레도 미칠 듯한 아픔에 그냥 이대로 울고 있겠지……

노량진의 미로를 헤맨 끝에 프랑스 어떤 도시의 이름을 딴 프랜차이즈 제과점에서 돌돌 말린 소시지 도넛을 찾아냈다. 소시지를 가운데 넣고 핫도그처럼 반죽해 구워낸 빵을 우물우물 씹는데 목이 마쳐 헛구역질이 올라온다. 음식이 마치는 건 목인데 이상하게도 눈에 눈물이 고인다. 그렇게 세 입쯤 베어 먹으면 끝인 빵으로 아침을 때우고 어디에서 시작할까 궁리하며 고시원을 둘러본다. 어제는 소득이 없었기 때문에 오늘은 뭐라도 건져야 한다고 생각하는데 침대 발치에 놓인 택배 상자가 눈에 들어온다. 동전을 꺼내 테이프에 금을 긋자 상자가 열리면서 화장품 샘플이 담긴 바구니와 머그컵이며 헤어드라이어가 나타난다. 깨질 위험이 있는 물건을 들어내고 두 줄로 놓인 책을 한 권씩 꺼낸다. 현대 국제관계 이론과 한국, 국제정치 패러다임, 국제법론, 그리고 경제학 책들. 그

것들을 침대에 쌓으면서 메모지가 들어 있지 않은지 탈탈 털어본다. 소설책도 있고 암으로 투병하다 젊은 나이에 죽은 여성 시인의 시집도 나온다. 시집을 내려놓고 영문과 불문으로 된 문고판 소설을 들어내자 플라스틱 스프링으로 철한 노트가 나타난다. 문구점에서 산 건 아니고 복사가게에서 만든 듯한 노트. 노트에는 공부했던 흔적과 영작 에세이를 썼던 기억이며 마리와 통화한 내용을 써 갈긴 메모가 빼곡하다. 페이지를 넘겨본다. 노트 중간에 비스듬히 기운 낙서가 가쁜 숨결처럼 휘갈겨져 있다. 눈을 감아도 네 모습이 보여. 귀를 막아도 네 소리가 들려. 내가 공부를 잘했던 이유는 독했기 때문이지. 엉덩이를 붙이면 떼지 않고 의자를 당겨 앉는 모습. 엄마가 좋아했어. 그런 엄마의 모습에 나도 기뻤지. 그러다 보니 그것 말고는 할 줄 아는 게 없게 돼버렸어. 나를 뒷바라지하려고 엄마가 교직을 그만둔 뒤로는 더욱 당겨 앉았어. 난 그렇게 독한 애야. 그러니 수렵, 아무리 보고 싶고 네 목소리가 들려와도 이젠 독하게 굴 거야. 엄마의 자랑이 내게도 자부심이자 축복이면 좋았을 텐데……

언제 그런 낙서를 했는지 모르겠다. 공부의 흔적 속에 남겨져 있으니 지난번과 이번 시험 중간에 쓴 낙서인 것 같다. 어쨌거나 끝을 알 수 없는 공시생 생활에 나는 지쳐가고 있었는지 모른다. 프랑스에서 돌아온 뒤로 고사장에 들어서기만 하면 졸음이 밀려온다는 걸 깨닫고 가뜩이나 부담이 컸을 수도 있다. 그런데 수렵은 이름일까. 메모에는 그에게서 돌아서겠다는 의지가 강조돼 있지만 그럴수록 돌아서기 싫다는 반어로 읽힌다. 계속 노트를 넘겨보지만 다른 메모는 보이지 않는다. 나의 실체는 규칙 속의 경향이 아니라 사소하고 범속한 것들 속에 숨 쉬고 있구나. 밥을 먹을 땐 무슨 반찬에 손을 대는지, 담배 필터는 입술에 무는지 혹은 이빨로 깨무는지. 의미 있다고 규정된 것 말고 그런 무의미한 것들이 내 시간에는 얼마나 쌓여 있을까. 다시 노트 한 권을 찾아낸다. 영문 에세이, 프랑스에서 사귄 친구 마리와 통화하며 휘갈긴 메모. 계속 노트를 넘기다 보니 역시 사선으로 비껴 쓴 낙서가 보인다. 수렵, 네 엄마와 아빠가 찾아왔어. 언젠가 말했었지. 토목사업을 하다 사대강사업 때 토호의 반열에 올라섰다고 비아냥대던. 케피타에서 만났지. 낙서를 읽다 말고 케피타라는 낱말에 시선을 묶어둔다. 젠더프리를 말하던 그 여자애들……나를 지배하는 것은 뇌리에 박힌 기억이 아니라 살갗에 새겨진 문양인 모양이다. 연기가 흘러나오던 흡연실 옆 그 자리였을까.

　노트를 끝까지 훑어본 뒤에야 의자를 물린다. 나에 대한 실마리를 찾은 것 같아 가슴이 뜨거워졌지만 산책할 시간이라 마음이 급하다. 옷을 갈아입고 지하철을 타기 위해 좁은 길을 걸어 내려온다. 신도림역에서 2호선으로 갈아타고 신림역 2번 출구로 나와 다시 도림천이 나타날 때까지 걸었다. 사람들의 차림은 어느새 무채색 계열이 많아져 거리가 어둡게 느껴진다. 나는 호주머니에 손을 찌르고 맞은편 사람들과 어깨를 부딪치지 않으려고 조심하며 걷는다. 이제는 무작정 걷는 것이 아니라 주소를 들고 집을 찾는 사람처럼 탐색하는 눈초리로 두리번거린다. 깨끗한 삼층 건물의 대게전문점 간판을 보면서 한 번이라도 수렵이라는 사람과 저런 데를 가보았을까, 그런 생각을 해보는 식으로 말이다. 도림천이 복개된 곳에서 삼성교를 건너 반대편 길을 타고 내려온다.

커피전문점 이층은 테이블만 열 개가 넘고 순환율도 높아 보인다. 자리를 차지한 사람 중 이어폰을 꽂은 채 필기를 하거나 노트북 자판을 두드리는 아이들은 학생이고 한가하게 담소를 나누는 축들은 졸업했거나 휴학한 처지들일 것이다. 그렇지만 아무리 둘러봐도 내 부모님 연배는 눈에 띄지 않는다. 이곳에서 만났단 말이지. 머그컵을 감싸 손을 녹이면서 한 모금씩 커피를 마신다. 흡연실은 담소를 나누는 사람들 쪽에서 주로 이용하는데 그들이 담배를 피울 때마다 연기가 새 나온다. 실명인지 닉네임인지 수렵이라는 사람과 내가 사귀었다는 걸 새로 알게 됐지만 그가 어떻게 생겼는지 기억은 맹탕이고 목소리도 떠오르지 않는다. 휴대전화를 꺼내 내 생일을 응용해 패턴을 만들어본다. 실패. 전화번호 뒷자리를 이용해 다시 시도해보지만 역시 아니다.

노량진역에서 내려 이동통신사 대리점 알바생에게 전화기

패턴을 해제할 수 있는지 물었으나 고개를 젓는다. 패턴 오류가 반복되면 전화기에 저장된 데이터가 날아갈 수 있다며 알바생은 돕지 못해 미안하다는 표정으로 뒷머리를 긁는다. 차라리 전화기를 초기화하지 않겠냐는 말에 성급히 휴대전화를 넘겨받아 가게를 나온다. 유통기한이 지난 삼각김밥 두 개를 하나 값에 사서 가방에 넣고 가로등이 밝혀진 골목을 걷는다. 저편 가로등 아래에서 고시촌에서만 용인되는 트레이닝복 차림의 남자 둘이서 담배를 피운다. 순찰차가 옆 골목에서 나타나자 그들이 담장에 몸을 붙여 길을 틔워준다. 순찰차를 바라보는 그들 쪽에서 이런 소리가 들려온다. 저 차 운전수가 나라면 좋겠다. 경찰직 공무원 시험에서 떨어진 사람들인가. 고시원에 들어와 삼각김밥 두 개를 먹고 옥상에 올라가 담배를 피웠다.

PC방을 나와 고시원으로 뚫린 골목을 달린다. 나를 보던 사람들은 금세 촉수를 자기 쪽으로 구부리면서 가던 길을 재촉한다. 놓고 온 학원 교재를 찾아 고시원으로 뛰는 일쯤 익히 경험했다는 표정들이다. 내 방으로 뛰어든 나는 노트북에 전원을 넣고 부팅이 되기를 기다린다.

내가 PC방을 찾아간 건 엄마의 메일주소를 떠올렸기 때문이다. 아침에 눈을 떴을 때 무슨 일인가로 엄마의 메일을 열어봤던 기억이 살아나면서 비번이 떠올랐다. 노트북 컴퓨터는 암호를 입력해야 하기 때문에 PC방을 찾았던 것인데 메일주소를 적고 비밀번호란에 내 이름을 입력하자 거짓말처럼 메일이 열렸다. 뭔가 떠밀려오는 느낌에 주먹으로 머리를 치고 미지근해진 커피를 마셨다. 읽지 않은 메일을 지나 받은 편지를 검색하다 채집이란 닉네임으로 내가 보낸 메일을 찾아냈다. 아이티에 있는 가발공장으로 떠나기 전에 필요한 서류를 떼어달라며 엄마에게 보낸 서류 목록 메일이었다. 조심스럽게 메일을 클릭하자 보낸사람란에 채집의 주소가 드러났다. gatherer0606. 로그아웃을 하고 이번에는 내 주소를 적은 후 비밀번호란에 엄마 생일을 입력하고 느낌표 두 개를 달았다. 엄마의 비번이 내 이름임을 확인한 순간 예리한 통증이 전류처럼 머리를 치고 갔는데 예감대로였다. 은밀한 짓을 저지르는 사람처럼 PC방을 한 바퀴 둘러본 후 모니터를 보았다. 받은메일함 상단에 경제학을 수강했던 학원에서 보낸 메일과 스팸메일 제목이 굵은 고딕체로 적혀 있었다. 커서를 아래로 내려 수렵이라는 닉네임을 찾아 제목을 클릭했다. 전화기에서 나를 차단시켰니? 연락할 방법이 없어 메일을 보낸다. 만나서 해결하자. 설령 마지막이 될지라도 너를 만나지 않고는 견디지 못하겠다…… 말줄임표에 놓인 시선을 거두며 식은 커피를 들이켜고 수렵에게 보낸 답장을 찾아 보낸메일함을 뒤졌다. 기대감과 두려움이 같은 무게로 파들거리는 저울을 보는 기분. 수렵이 메일을 보낸 다음 날 채집의 이름으로 그에게 보낸 편지가 있었다. 기갈 든 사람처럼 메일을 읽었다. 수렵과 채집의 시절로부터 우린 너무 멀리 왔어. 그 시절은 과거의 어느 순간이 아니라 존재하지 않았던 날들처럼 느껴져. 하늘에 제사를 지내고 우리가 본 것을 바위에 새기던 시절들 말이야. 바람이 별을 씻고 초원과 산맥이 대지의 모든 것이던 시절. 그러니 수렵, 이제는 안녕.

노트북 컴퓨터가 놓인 책상 앞으로 의자를 당겨 앉는다. 부팅이 끝나자 노트북 컴퓨터의 까만 액정화면에 비밀번호란이 나타난다. 거기에 커서를 놓고 관절을 푸는 사람처럼 손을 쥐었다 편 뒤 엄마의 생일과 느낌표를 입력했다. 그러면 그렇지. 그토록 완강하게 나를 퉁기던 노트북이 마침내 속을 드러낸다. 나는 인터넷을 연결해 수렵이 보낸 다른 메일이 있는지 검색한다. 메일을 찾을 수 없어 휴지통을 뒤졌지만 수렵이란 이름은 보이지 않았다. 휴지통에서 나와 보낸메일함을 클릭하고 시간을 뒤로 감자 채집이란 닉네임으로 수렵에게 보낸 메일이 나타난다. 마우스를 움직여 '우리의 낙원을 떠나며'라는 제목에 커서를 올려놓는다. 중력도 무엇도 미치지 못하는 우주의 심연에 도달한 느낌. 엄마의 태중이거나 깊은 물속 같은 고요. 마침내 엔터를 딸각거리자 긴 글이 펼쳐진다.

처음에는 니 허락을 받아 부모님이 나를 찾아온 줄 알았어. 그러나 네 부모님이 그건 아니라고 말해줘 오해를 거두기로 했지. 너의 아버지는 자르르 흐르는 양복 차림에 까맣게 염색

한 머리를 올백으로 넘겨 이마가 시원했고, 어머니는 과하지도 검박하지도 않은 매무새였어. 뭐랄까, 너는 정치권에 줄을 댄 사대강사업 때 토호의 반열에 올라섰다고 비난했지만 첫인상은 꽤나 자신만만하고 세련돼 보였단 뜻이야. 말을 할 때도 최대한 그쪽 사투리를 쓰지 않으려고 배려하는 듯하더라. 나는 커피를 마셨고 두 분은 라테였어. 이윽고 간단한 인사치레가 끝나고 아버지가 너를 언제 만났느냐 묻기에 철학연구회에서 만났다고 했지. 네 아버지는 고개를 주억거리면서 다시 물었어. 불문과라고 들었는데 철학에도 관심이 있었나 보지? 이름이 철학연구회이긴 해도 철학만 파는 동아리는 아니었어요. 회원들의 관심은 인문 사회에 두루 걸쳐 있었고, 그게 전통이랬어요. 신화나 동양 고전에 관심을 두기도 했고 토착 사상도 인기가 있었어요. 질문이 짧았던 데 반해 답변은 길었지만 네 부모님은 인내심을 가지고 듣더구나. 하기야 학창 시절엔 그분들도 시위 행렬에서 세월을 보냈을지 모르지. 그땐 다들 그랬다니까. 그러나 예를 갖추기 위한 네 부모님의 인내심은 거기까지였나 봐. 처음보다는 격식을 걷어낸 목소리로 어머니가 물었어. 부모님은 두 분 다 계시고? 맞선을 보던 시대에나 나올 법한 질문이라 웃음을 참으려고 어금니를 물었어. 아빠는 교직에 계시구요, 엄마도 그쪽 일을 하시다 그만두셨어요. 그러자 네 엄마가 말했지. 빠듯한 살림이었을 텐데 딸을 이리도 잘 키웠구나. 어쩐지 딸을 잘 키왔다는 말보다 빠듯한 살림이란 말에 방점이 찍힌 듯해 목구멍이 뜨거워지더라. 그런 내 속을 들키지 않으려고 잠깐 해찰을 하는데 이번에는 네 아버지가 물었어. 아이티에 취직이 됐었던 모양이던데……? 네, 가발 만드는 회사였어요. 오너는 한국 사람인데 처음엔 중국에 공장이 있었대요. 그런데 인건비가 오르고 사업 환경도 열악해져 아이티로 옮겼나 봐요. 전 한국인 관리자와 그곳 노동자들 사이에서 통역을 담당하고 의견 조율하는 업무도 맡았어요. 이번에도 질문은 짧고 답변이 길어졌어. 나를 탐색하려는 네 부모님의 질문 목록을 줄여가기 위해서였을 거야. 그런데 왜 그만두고 나왔어요? 돈이 좀 모이면 프랑스에 가서 박사과정까지 밟을 생각이었죠. 그런데…… 그쯤에서 나는 말을 할지 말지 망설였어. 그렇지만 네 부모님을 만나기로 한 순간 참한 아이로 보이려는 노력따원 하지 않기로 했었거든. 가래 걸린 것처럼 목이 근질거려 토하고 싶기도 했구. 커피 한 모금을 천천히 마셨어. 그쪽 노동자들을 대하는 한국인 관리자들의 태도를 견디기 어려웠어요. 산업화 시기에 외국 자본과 국내 자본이 우리 노동자들을 어떻게 다뤘는지 책에서 봤거든요. 그게 반복되고 있었어요. 야근과 특근에다 폭언과 폭행은 기본이고, 원주민을 짐승 취급하는 관리자들의 태도, 그쪽 문화를 무시하고 이쪽을 일방적으로 강요하는 막무가내. 부끄러워서 매일매일 도망치고 싶었어요. 뭔가 무안을 당한 사람처럼 네 어머니는 잔을 들어

차를 마시고 아버지는 나를 피해 시선을 거두더구나. 너의 부모님으로부터 여지없이 낙제 점수를 받게 된 거야. 하긴 나를 간 보기 위해 연락을 해온 순간 낙제하기로 결심했었는걸 뭐. 세상이 만만해 보이고 입맛대로 모든 걸 요리할 수 있다 쳐도 먹으면 안 되는 음식이 있어. 아무리 자식 또래라도 이건 무엄한 처사잖아. 마침내 결심이 선 듯 네 어머니가 묻더라. 그래서 앞으로는 어떻게 할 생각이죠? 그 노골적인 질문엔 솔직히 힘이 좀 빠지더라. 절로 목소리가 낮아졌지. 외교관 후보자 선발 시험을 준비하고 있어요. 그럼 이번에도 시험을 봤겠네? 네, 떨어졌어요. 졸음 때문에. 내가 당신들을 놀린다고 생각하는지 미소를 지을 때 팬 주름이 두 분 얼굴에서 서서히 지워졌어. 그래도 앉아 있는 시간이 길어지면서 서먹함은 차츰 가신 듯했지. 멋쩍어질 질문까지 나왔으니 엔진이 너무 잘 돈 건지도 몰라. 혹시 결혼을 생각했어요? 그 순간 나는, 결혼이요? 그렇게 물어놓고 입을 가리며 웃었어. 본론으로 직행해가는 저 속도를 노파심이라고 해야 하나 자신감이라고 해야 하나. 난 말했어. 우린 잃어버린 세대잖아요. 그런 건 사치예요. 물론 내가 생각하기에도 당돌한 대답이긴 했어. 그런데도 네 어머니의 눈가엔 도리어 옅은 미소가 피더구나. 아직 청춘이니 뭐 데이트쯤이야…… 그로써 네 부모님은 듣고 싶었던 말을 듣고 하고 싶었던 말을 다 한 셈이 되었지. 원하는 방식으로 이야기를 마무리했으니 이제는 너만 설득하면 된다고 생각했을 거야. 잠깐의 침묵 뒤에 하는 일 잘되길 빈다는 덕담을 남기고 네 부모님은 자리에서 일어서더라. 그런데 그때 나도 모르게 이런 말이 튀어나가지 뭐야. 저도 여쭙고 싶은 게 있어요. 나의 갑작스런 반응에 두 분이 천천히 몸을 돌렸지. 호기심 반 놀람 반의 표정으로. 어차피 내친김이라 난 말을 해버렸어. 두 분께선 혹시 최근에 재밌게 읽은 소설이 있나요? 그분들은 엄격해진 눈으로 날 보았어. 돌이킬 수 없는 지점까지 왔구나 싶었지만 따지고 보면 돌이킬 일도 없잖아. 이상도 하지. 그때 난 네 부모뿐 아니라 너에게도 모욕을 당했다고 느꼈으니까. 뭐랄까, 니가 용인한 꼭 그만큼쯤 내가 무시당했다는 느낌. 그래, 법학대학원을 마치고 넌 변호사나 검사가 되겠지. 부모님이 인정한 사람과 몸을 섞고 번식도 하고 삼시세끼를 먹는 일이 인간사라니. 사람이 짐승과 다르다는 믿음을 우리는 다양한 논거로 확립해왔지만 생각해보니 부질없는 짓이었구나. 문명의 발전을 축복인 양 암송하고 있지만 그럴수록 겉치레는 현란해지고 본능과 번득임만 남은 세계로 걸어가게 되다니. 수렵, 행운을 빈다.

도림천변을 걷는 대신 사육신공원을 산책하기로 했다. 시험에 떨어진다는 속설 때문에 공시생이 꺼리는 사육신공원 오솔길을 천천히 걸었다. 홍살문을 통과하고 불이문을 지나자 사육신 신위를 모신 의절사가 나타났지만 지나쳐 묘역으로 향했다. 차가운 바람이 불어오고 몇 잎 남지 않은 낙엽이 비선형을 그리며 떨어진다. 무덤은 도합 일곱 기. 잡초나 잡목도 없이 봉분들은 잘 관리되고 있었지만 빛바랜 잔디 때문인지 추워 보였다. 셋씩 넷씩 모여 있는 무덤을 보고 섰다가 포장된 길을 따라 돌아서는데 조망대에 이르도록 사람은 보이지 않았다. 조망대에 올라서자 빌딩에 파먹힌 남산이 철교 너머로 보이고 여의도의 쇠못 같은 빌딩이 서강대교를 배경으로 펼쳐진다. 아파트 단지 사이로 보이는 한강은 탁하고 서늘하고 시린 빛이었다. 무덤을 보고 온 탓일까. 물에 떠서 흘러가는 사람이 보인 듯해 고개를 젓는다. 머리카락과 옷자락이 수초처럼 흔들리는 모습. 춥겠구나.

생활기록표에 의하면 내가 도림천 산책에 할애한 시간은 두 시간 남짓이었다. 문제가 되는 건 학습량이 아니라 졸음이므로 너그럽기로 들면 충분히 양해될 시간이었다. 그러나 일분일초를 쪼개야 하는 공시생의 초조를 감안하면 두 시간은 역시 호사가 아닐 수 없었다. 무엇이 그 무모함을 감당하게 했을까. 절박함 아닌 것으로는 설명할 수 없었고, 그 절박함 때문에 나는 내가 안쓰러워진다. 떠나기 위해 노량진에 정착해놓고 더욱 그리워진 저쪽. 이제 나는 저쪽에 찍힌 수렵과 채집의 발자국을 안다. 어제 산책을 하기 위해 그 거리에 섰을 때 푸른 멍을 들일 듯한 통증이 우러나왔다. 그게 도림천변이 아닌 사육신공원을 산책 장소로 택한 이유였다.

고시촌을 걷고 돌돌 말린 소시지 도넛이나 삼각김밥을 먹을 때 나는 수시로 휴대전화를 열어 내 삶의 궤적을 확인했다. 지하철을 타고 이동할 경우에도 타인의 어깨에 체중을 맡기고 타임캡슐 열듯 행적을 들여다보았다. 휴대전화의 패턴역시 엄마의 생일이 힌트였다. 아홉 개의 점을 0이 생략된 키패드라 여기고 엄마의 생일에 해당하는 숫자를 연결해 몇 차례 오류 끝에 휴대전화를 열었다. 휴대전화의 패턴을 풀었을때 맨 처음 나는 수렵에 대한 차단부터 해제시켰다.

카톡에는 몇백 개의 문자가 열람을 기다리고 있었다. 그중읽지 않은 문자의 숫자가 가장 많았던 건 필라소피러브라는이름의 단톡방이었다. 철학연구회 출신들의 수다 공간 같았는데 대개의 단톡방이 그렇듯 방에 들어와 문자를 남기는 사람은 한정돼 있었다. 개중에는 사소한 것들을 말하고 우스갯소리를 하며 낄낄대는 축도 있었지만 진지한 글을 올리는 아이도 있었다. 실명인지 닉네임인지 지혜라는 아이는 대기업에 입사했지만 밀려드는 일에 치이다 일주일째 코피를 흘린뒤 손을 들고 나왔다는 푸념을 늘어놓았다. 걸핏하면 방송에서는 일자리 창출 어쩌구 떠드는데 우리는 일하다 죽을 운명일까. 그런 식의 노동은 신성한 것도 행복한 것도 아니던데. 문자 말미에 그런 탄식을 쏟아놓고 지혜는 덧붙였다. 요즘 저어디 북구 쪽으로 나갈 궁리를 하고 있어ㅋㅋ 응원 부탁해.

단톡방을 순례하다 러셀이라는 닉네임을 쓰는 애늙은이 같은 친구의 글에 시선이 머물기도 했다. 난생처음 지리산을 종주했다며 서두를 뗀 후 다른 아이들이 좋았겠다^^~, 혹은 이 추운 날 지리산이라니…… 그런 반응을 보이자 러셀은 지리산 산행 과정에서 깨우쳤다는 생각을 문자로 남겼다. 한국전쟁 때의 일을 생각해보자. 미군이 인천에 상륙한 후 남쪽의 많은 사람들은 지리산에 모여들었어. 당연히 가을옷을 입었겠지. 물론 날이 추워진 다음엔 보급을 통해 보완했을 거야. 그렇다 쳐도 적게는 한 번, 길게는 서너 번씩 그곳에서 겨울을 났다고 생각해봐. 끔찍한 일이지. 대체 무엇이 그 혹한 속에서 그들을 견디게 했을까. 돈을 준다고 그 짓을 할 수 있겠어? 신념 때문이 아니면 불가능하지. 신념 때문에 목숨을 던질 줄 아는 유일한 존재가 인간이니까. 꽤나 비장한 이야기이면서 철학연구회 구성원들의 고민과 수준을 보여주는 문자였다. 그런 러셀의 문자에 많은 답글이 달려 있었다. 십억이면 도전하겠다는 사람부터 신념과 목숨을 바꾼 여러 사례들까지. 그중 채집이라는 닉네임으로 내가 남긴 댓글을 읽을 때 핏덩이 같은 헛구역질이 올라왔다. 인간은 사랑 때문에도 목숨을 걸지. 그 밖에도 아이들의 답글은 더 이어졌는데 러셀의 마지막 말이 인상적이었다. 누가 우리에게서 신념을 빼앗아갔을까.

종일 휴대전화를 열람하다 삼각김밥을 사려고 시간을 확인했으나 유통기한 마감까지는 조금 더 기다려야 했다. 거리를 서성이며 시간을 보낼까 망설이는데 와락 화증이 난다. 무엇 하나 먹는 일에도 주머니를 생각하고 무슨 일을 해도 시간을 따져야 하는 생활. 살아생전 외할머니는 텃밭의 오이를 따다 제격 냉채를 만드셨지. 나이 드니 노는 일도 재미없다고 투덜 거리던 어떤 할머니의 말을 들은 적이 있었다. 노는 일도 재 미없다는 그때를 위해 개미굴 안쪽에 먹이를 쌓아두는 게 성 취일까. 시시하다.

눈에 보이는 식당 아무 데나 들어가 설렁탕을 먹고 고시원 에 돌아왔다. 흩어진 책을 택배 상자에 쓸어 담고 옷도 벗지 않은 채 침대에 눕는다. 휴대전화를 꺼내 익숙한 솜씨로 패턴 을 푼다. 필라소퍼러브 외에도 문자를 주고받은 사람은 고교 동창을 포함해 제법 많았다. 프랑스 벨포에 교환학생으로 갔 을 때 알게 된 마리라는 여자와 나눈 대화도 빈번하게 등장했 다. 영어와 불어로 번갈아가며 근황을 묻고 막연한 계획 같은 걸 교환한 문자가 대부분이었다. 마리는 불어를 공용어로 쓰 는 아프리카 쪽이나 퀘벡으로 넘어갈 생각을 비치기도 했는 데 프랑스에 거주하는 아랍계와 아프리카 사람들에 관한 문 자도 많았다. 태어난 곳에서 떠밀린 그들은 프랑스에서도 여 전히 떠돌거나 변방으로 밀린다는 이야기. 그들에 대한 연민 도 있지만 자신을 바라보는 그네들의 눈초리가 무섭고 불편 하다는 이야기. 그러다 어느 순간 그들을 증오하는 자기를 보게 됐다는 것까지. 마리의 그런 문자 밑에 유레카를 외치듯 내가 달아놓은 문자가 있었다. 지금 준비하는 시험을 통과하면 프랑스어권으로 나갈까 해. 아프리카에서 만나자. 수렵과 채집이 아직 가능할지도 몰라. 졸음이 날 억압하지 않는 곳. 그래, 아프리카로 가자.

버튼을 눌러 전화기의 화면을 암전시킨 뒤 책상에 놓인 담뱃갑을 챙겨 방을 나선다. 계단을 타고 올라가는데 공동취사장에 불이 밝혀져 있고 라면 냄새가 난다. 쉼터로 올라가 즐겨 찾는 자리에 앉아 담배를 피운다. 옥상 가녘에 내 키보다 높은 철제 난간이 있는데 언젠가 공시생 하나가 뛰어내린 후 세워졌다고 한다. 사람들에 따르면 뛰어내리기 전에 그는 가슴에 담긴 온갖 이야기를 한참이나 소리쳤다고 했다. 죽음은 그렇게 날렵하고 명쾌한가. 담배를 끄고 내려와 하는 둥 마는 둥 세수를 한 뒤 불을 끄고 눕는다. 이대로 눈을 뜨지 않으면 그게 죽음이지 뭐. 머리맡을 더듬어 휴대전화를 찾아 패턴을 푼다. 상단에 카톡 알림창이 떠 있다. 카톡을 열고 들어갔다가 소스라치게 놀라 몸을 일으킨다. 만나자는 수렵의 문자에 나는 커피전문점 이름과 만날 시간을 답글로 남겼다.

노량진에 올라온 지 일주일째. 고시원에서 나와 지하철을 타고 신림역에서 내린다. 롱패딩 점퍼를 입고 내 키보다 큰 머플러로 목과 얼굴을 감싼 내가 아라비아 여자 같다. 호주머니 속 안경집에는 얼굴 절반을 가릴 수 있는 선글라스가 있고 토트백 안에는 모자까지 모셔져 있다. 전자담배 멀티숍이 보이자 다리에 힘이 풀렸지만 곧장 케피타에 들어가 커피를 주문한다. 커피를 들고 이층으로 올라와 흡연실에서 멀리 떨어진 화장실 옆자리를 찾아간다. 점심 후의 사람들로 자리 대부분이 채워져 익명 속에 파묻히기 좋은 환경이었다. 커피를 탁자에 놓고 습관처럼 전화기를 꺼내 패턴을 푼다. 기사들을 검색하고 새로 온 메시지를 열람한 뒤 화면을 스크롤하며 놓친 것이 없는지 확인한다. 갤러리에 들어가 나와 바짝 붙어 찍은 셀카 속 남자를 쳐다본다. 흰 피부와 곱슬머리에 눈이 안쪽으로 파인 스키타이족 후예의 얼굴. 고른 치열을 드러낸 남자의 웃음은 화창한 편이지만 나의 웃음은 어쩐지 찡그린 것처럼 보인다. 조만간 일이 나겠다는 생각이 들 만큼 두 사람의 표정은 대조적이다. 갤러리를 나와 교보 eBook을 클릭하자 그간 구매해 읽은 에세이와 소설이 드러난다. 아무 책이나 골라 몇 문장 읽다가 음성녹음 파일을 터치한다. 지금껏 음성녹음 파일을 열고 들어간 적은 없었는데 006까지 일련번호가 찍힌 파일이 손길을 기다리고 있다. 이어폰을 꺼내 연결하고 001을 터치한다. 경제학을 수강할 때 녹음했는지 벽을 맞고 튀는 강사의 목소리가 웅웅대며 들려온다. 002를 지나 005까지도 강사는 경제학 용어를 설명하고 수식을 환기시키며 문제 풀이에 열중한다. 그러나 006에 이르자 강사의 음성 대신 음악

소리가 깔리면서 대화를 나누는 사람들 목소리가 벌통 속처럼 붕붕거린다. 거기에 액체를 후룩거리는 소리가 끼어들고 여닫이문 열리는 소리가 드르륵 삽입된다. 나는 고개를 들어 흡연실을 바라본다. 여닫이문을 발견하고 문 여닫는 소리를 듣기 위해 담배 피우는 사람이 나오기를 기다린다. 그때 이어폰에서 들려오는 내 목소리.

살이 좀 빠졌네? 의자를 뒤로 물리는지 바닥 긁히는 소리가 나고 이어 남자의 가라앉은 목소리가 따라온다. 변호사 시험 준비도 해야 하고…… 니 메일을 보고 뭔가가 명치를 쥐어짜는 거 같아 밥도 못 먹었어. 부모님을 설득해볼게. 잠시 대화가 끊기고 꿀벌 붕붕거리는 소리가 틈새를 메운다. 차 한 모금 마실 시간이 지나자 내 말이 시작된다. 저들은 온갖 고전과 혁명 이론까지 익히고 배운 사람들이야. 인터넷에서 얻은 모래알 같은 정보 따위완 비교가 안 되지. 출간되지 않은 책을 읽으려고 일본어를 연마해 번역하고 원전 팸플릿을 이불 뒤집어쓰고 읽은 사람들이야. 동아리 선배들의 그 전설 같은 얘기 못 들었어? 매일매일 토론하고 방학이면 농활이다 공활이다 열에 떠서 뛰어다닌 사람들이야. 무슨 재주로 설득해? 녹음된 자기 목소리는 본래 어색한 법인데 냉소까지 얹혀 가뜩이나 내 음성이 낯설다. 남자의 목소리가 들린다. 설득을 못하면 의절이라도 할 거야. 꿀벌 붕붕대는 소리, 그리고 이어지는 내 목소리. 어느 순간 저들은 이 세계 너머에서 시선을 거두고 말았어. 달리다 멈췄고 괴물에게 포획됐어. 기껏해야 이쪽 당이니 저쪽 당이니 하면서 몰려다니고 남은 자들 역시 거기에 자신을 투사하고 있잖아. 니가 법학대학원에 들어가고 내가 외교관 시험을 준비하기로 한 순간 우리도 반쯤 그물에 걸린 거야. 그래도 견디고 타협해보려 했는데 폭탄이 터졌어. 우린 게으를 수도 없고 저 너머를 바라보지도 못할 곳에 버려진 셈이지. 난 떠날 거야……

한 손에 머그컵이 놓인 쟁반을 들고 다른 손엔 휴대전화를 든 남자가 계단을 올라와 실내를 일별한다. 눈이 파이고 곱슬머리가 더부룩한 채 사흘쯤 깎지 않았는지 코밑과 턱에 음영이 드리워진 남자였다. 나는 목에 두른 스카프를 턱밑까지 추켜올리고 토트백에서 모자를 꺼내 머리에 눌러쓴다. 선글라스를 쓸까 했으나 도리어 시선을 끌 것 같아 잔을 들어 입 아래를 가린 채 남자를 흘끔거린다. 남자는 찾는 사람을 발견하지 못한 듯 흡연실 쪽으로 걸어가 등을 보이고 앉는다. 잔을 들어 한 모금 마시고 휴대전화로 무언가를 검색하는지 탁자에 시선을 두고 있던 그가 고개를 돌려 실내를 둘러본다. 때로 그는 손을 들어 머리를 쓸어 올리는데 행동이 조신하고 단정해 보인다. 동작이 빨라 보이진 않지만 대신 크게 놀라거나 허둥대지도 않을 사람 같다. 입맞춤을 했을까. 어디 허름한 모텔이나 고시원에서 잠도 잤을까. 하룻밤에도 몇 번씩 핥고 쓰다듬고 교접했을까. 호흡이 가라앉기도 전에 상대의 귓바퀴에 뜨거운 숨결을 불어넣으며 우린 수렵과 채집이라고 속삭였을까. 시약을 잘못 떨어뜨린 것처럼 가슴 아래 우묵한 곳에서 쓰라림이 번져온다. 그는 명치를 무언가가 쥐어짜는 것 같다고 했었지.

이어폰을 뽑아 호주머니에 넣고 화장실에 들어가 사람이 있는지 살펴본다. 사람이 없음을 확인한 나는 화장실 출입구를 조금 열어 문틈으로 바깥을 내다보며 전화기 키패드를 두드린다. 신호음이 전달되고 흡연실 쪽 남자의 뒷모습이 짧게 움찔대더니 여보세요, 하는 조심스러운 목소리가 들려온다. 아, 이 목소리였구나. 녹음파일과는 다르게 심장의 방망이질과 호흡까지 전달되는 목소리. 응답이 없자 상대는 여보세요…… 여보세요? 하고 조금 다급해진 음성을 타전한다. 그러다가 갑자기 고개를 휙 돌려 실내를 훑기 시작한다. 문 뒤에 몸을 숨기고 혹시라도 눈이 마주치지 않았는지 방금 전 상황을 복기했지만 확신이 서지 않는다. 벽에 등을 기대고 호흡을 고른 나는 전화를 끊고 밖으로 나와 탁자 위의 토트백을 낚아 도망치듯 계단을 뛰어내린다. 눈물을 감추려고 선글라스를 쓴 채 노량진역에서 내려 고시촌 골목을 걸었다. 저 앞에서 캐리어를 끌며 다가온 남자가 어깨를 스쳐 간다. 머리는 헝클어지고 얼굴은 흙빛에 가까운데 계절이 바뀐 것도 모르는지 옷차림이 추워 보인다. 캐리어의 바퀴 소리가 멀어졌을 때 고개를 돌려 바라본 그의 어깨가 노역에 시달린 사람처럼 무겁다. 수도승 같은 존재들이 머무는 이곳 고시촌과 속세를 연결해주는 육교를 지나 아무래도 고향에 내려갈 모양이다. 캐리어를 끌고 골목을 빠져나가는 자들의 길게 늘어진 그림자, 시험이 끝난 이맘때면 흔히 볼 수 있는 모습이다. 나 또한 택배 상자를 꾸린 걸로 보아 유령 같은 그림자로 어둠에 스밀 생각을 한 모양인데 그렇게 고향에 내려간 사람들은 무얼 하고 살까. 고시원 문을 열고 들어서자 초췌한 얼굴의 남자가 침대에 앉아 있다. 나를 발견한 남자가 잠긴 소리로 말한다. 이제 그만 내려갑시다.

*

한강을 끼고 차는 올림픽대로를 따라간다. 승용차 뒷좌석에는 책과 잡동사니를 담아둔 상자와 캐리어, 이불 보따리가 실려 있다. 따뜻한 바람이 통풍구에서 나와 차 안은 아늑했고 아나운서의 목소리는 귀에 거슬리지 않도록 볼륨 조정이 돼 있다. 면도를 하지 않아 푸르스름한 남편의 얼굴은 그새 반쪽이 돼버린 것 같다. 그는 어금니를 문 것처럼 힘이 들어간 얼굴이었다. 한남대교 교차로에서 올림픽대로를 빠져나와 남편이 고속도로로 차를 끌고 들어간다. 그날 이후 말을 잃은 사람처럼 우리는 입을 여는 일조차 버거워했다. 채집이란 닉네임으로 사람들과 소통하던 아이가 엄마 생일을 맞아 집에 내려와 유행가를 들으며 잠자리에 들더니 영영 일어나지 않던 그날 이후로. 그러니 남편의 얼굴은 힘이 들어간 게 아니라 허물어지는 중이라고 해야 옳을 것이다. 톨게이트를 지날 무렵 중국 어느 도시에서 발병했다는 폐렴 유사 증상을 시사프로 진행자가 설명한다. 운전대를 잡은 남편이 뭔가 말을 해보라는 듯 나를 쳐다본다. 그곳 노량진에선 도대체 무슨 일이 있었는지, 아니 무엇을 알아냈는지. 생때같은 아이가 무엇 때문에 그렇게 떠나갔는지 말을 해보라는 얼굴이었다. 알아낼거야. 그리고 복수할 거야. 뭔가에 안도한 내가 문제였다면 나까지도 용서하지 않을 거야. 간신히 입을 떼어 말하자 나를 주시하던 남편이 저 먼 도로 위에 무력한 시선을 내려놓는다. 그런 남편에게 물었다. 당신, 최근에 재밌게 읽은 소설 있어? 그건 답변을 듣고자 한 질문이 아니었고, 나에게 하는 질문이기도 했다.

달 세 개 뜨는 행성

"어이, 최딴따. 서해안에 사리가 들었대. 달이 올 들어 가장 가까이, 그러니까 삼십오만칠천 킬로미터까지 접근했다는 군." 침대에 누워 휴대폰으로 기사를 검색하던 김의 목소리였다. 외국인의 인터넷 사용을 당국이 통제하는 바람에 이곳에 온 지 이틀째부터 최딴따의 휴대폰은 무용지물이나 다름없었다. 그러나 송충이 무서워하는 호랑이 꼴이라고 당국을 향해 볼멘소리를 늘어놓던 김은 지구를 반쯤 돌아 구글을 뚫고 들어가더니 기어이 한국의 포털 사이트를 찾아냈다.

"그게 우리랑 뭔 상관인데?" 최딴따가 천장으로 연기를 뿜으며 묻는다.

"마누라가 군산에서 근무하잖아."

"지랄한다. 그럴 거면 이혼은 왜 하냐?"

"온 모양인데? 나가자구."

위챗으로 문자가 들어왔는지 김이 캐리어를 낚아챈다. 담배를 끄고 최딴따가 따라나서자 두 개의 캐리어 끌리는 소리가 와랑와랑 복도 벽을 때린다. 엘리베이터 문이 열리자 호텔 로비 소파에 앉아 있던 퉁방울눈의 곽과 비쩍 마른 윤 기사가 그들 손에서 캐리어를 채간다. 그러지 말라고 당부했는데도 그게 자기들 일이라는 말에 김과 최딴따도 이제는 군말 없이 가방을 넘겨주는 편이었다. 대주호텔 로비를 빠져나가는 깡마른 윤 기사와 퉁퉁 부은 곽의 몸매가 옛 코미디 영화 「뚱뚱이와 홀쭉이」의 주인공들을 연상케 한다. 한때 택시 운전을 했다는 윤 기사와 은행에서 근무하다 가이드가 되었다는 곽은 수숫대 같은 김과 중간 키의 최딴따가 그렇듯 멀리서도 그 대비가 선명히 도드라져 보였다. 트렁크에 가방을 실은 윤 기사와 곽이 운전석과 조수석에 올랐고, 김과 최딴따는 뒷자리에 탔다.

"갑세!" 최딴따가 어디선가 주워들은 북한 말로 농을 던진다. 소나타를 연길역 앞으로 빼낸 윤 기사가 큰길 쪽으로 핸들을 꺾는다. 어느 도시나 출근길은 다 마찬가지인지 밀려드는 차들로 팔차선 도로가 좁아 보인다. 그러나 택시 기사 출신다운 실력으로 앞 차 몇 대를 벗겨낸 윤 기사는 단숨에 정체 구간을 빠져나와 속도를 높인다. 연신교를 지나면서 보니 부르하통하의 물은 얼지 않았고, 강변의 버드나무만 느슨하게 가지를 흔들고 있었다. 차가 인민로를 거쳐 애단로로 접어들었다.

"저노무 간체는 도무지 읽어먹을 수가 있어야지." 이정표를 보며 중얼대던 김이 앞에다 대고 묻는다. "곽 선생, 저거 사랑애자 맞죠?"

과체중 때문인지 혈압에 시달린다는 곽이 어렵사리 몸을 틀었다. "맞아요, 애단로. 한자는 글자가 아니라 이게 예술이란 말입니다. 그런데 간체는 그냥 글잡니다. 용룡자를 보세요. 용이 아니라 지렁이입니다. 나도 간체는 반대합니다."

"내가 곧 죽어도 할아버지한테 천자문을 배운 사람이거든. 간체만 아니면 다 읽을 수 있는데……" 김이 입맛을 다시더니 다시 말을 잇는다. "하늘천 따지 검을현 누르황 집우 집주 넓을홍 거칠황…… 애들이 글을 배울 땐 이렇게 시작한단 말이죠. 하늘과 땅은 검되 누르고 우주는 넓고 거침없도다…… 대단하잖아. 글자를 배우는 아이들에게 우주와 세상 만물의 이치를 가르친 후 인간과 도리를 설명한다 이겁니다. 그런데 지금 교과서엔 그게 없어요. 아이엠어보이, 유아라걸…… 우주는커녕 풀뿌리 하나 언급이 없잖아. 서양노무 새끼들, 순 개인만 가르친단 말야. 그런 놈들한테 배워가지고 근대가 어쩌구 미국이 어쩌구…… 사랑애자는 민갓머리에 마음심인데 마음을 빼버리니 사랑이 돼? 중국이 어쩌자고 효용이나 따지는지 원."

연길을 빠져나오자 산자락 아래 옥수수밭과 벼 그루터기만 남은 논이 모습을 드러낸다. 곽이 옥수수밭 사이에 있는 논을 가리키며 벼농사의 북방한계선을 위로 밀어낸 건 죄다 조선 사람이라고 침을 튀긴다. 차가 가야하를 건너자 도문의 고층 빌딩과 첨탑 같은 크레인들이 종주먹 들이대듯 눈앞에 밀려든다. 그들은 지금 도문과 남양을 잇는 다리를 보기 위해 달려가는 길이었다. 아니 다리가 아니라 실은 그 아래 두만강을 보러 나선 길이었다. 조선족인 곽과 윤 기사는 신물 나게 보았을지 모르지만 김이나 최딴따는 노래만 푸르다고 들었지 두만강을 본 적이 없었다.

"공사 중이네. 다리를 새로 놓는다더니." 윤 기사가 길가에 차를 세우고 나직이 중얼거린다. 아닌 게 아니라 바리케이드와 철골구조, 거푸집에 막혀 두만강은 코빼기도 보이지 않았다.

"공안에게 사정 좀 해봅시다." 최딴따가 바리케이드 앞 제복을 가리킨다.

"공안이 아니라 군인입니다. 군인은 안 통해요. 두만강은 나중에 양수진에 가서 보도록 합시다. 어때요?" 가이드인 곽이 양해를 구했고,

"별수 있나. 그래야지." 김이 대꾸했다.

그때 최딴따가 어슬렁거리는 군인을 손가락질했다. "저 군바리 새끼 호주머니에 손 넣은 거 봐라. 군기 빠져가지고. 북

한군 한주먹감도 안 되겠는걸."

"십 대 일로도 못 이깁니다." 곽의 맞장구에 일행은 낄낄대며 웃었다. 차는 길을 돌려 목단강으로 향했다.

수만고속도로를 한나절 남짓 달려가자 연해주에서 시작된 장백산맥이 나지막해지면서 벌판이 넓어졌다. 그러나 옥수숫대를 태우는 연기 때문에 시계는 눈앞 얼마간으로 한정되었고 차 안까지 냇내가 파고들었다. 만주 벌판을 보며 묵직한 땅 울음을 느끼고 싶었던 최딴따는 들을 갈라버린 방풍림과 전봇대 같은 이물질이 그러잖아도 못마땅했는데 시계마저 좁아지자 부아가 났다. "저렇게 처질러대니 가을 하늘이 남아나나 원!"

"당국이 말리는데도 농민들은 계속 불을 놓습니다. 농사를 지어야 하니까." 대꾸를 해놓고 곽이 창밖을 손짓했다. "저기 산자락 밑에 마을 보이죠? 멀리서도 우린 조선인 마을을 단번에 구분할 수 있습니다."

"어떻게요?" 김이 묻자,

"팔작지붕은 조선인 것이고 맞배지붕은 중국인들 집이죠. 저거 보세요. 팔작지붕이죠?"

"지붕 말고 또 있습니다." 핸들을 잡은 윤 기사도 곽을 거들었다. "깨끗한 건 조선 마을이고 더러우면 중국 마을입니다. 조선인 마을은 어딜 가나 번들번들해요."

해림과 상지 중간쯤에서 차는 고속도로를 나와 이차선도로로 접어들었다. 만주를 메주 밟듯 했다는 윤 기사도 이곳이 낯설기는 마찬가지인지 브레이크 페달에 힘을 주었다. 그때 트럭 한 대가 그들을 추월하더니 반대 차선의 차를 피해 급히 끼어들었다.

"저런 개뼈꾸기 같은 새끼를 봤나." 괄괄한 곽이 꽁무니를 빼는 트럭에 대고 삿대질을 했다.

김이 킥킥거렸다. "곽샘, 개뼈꾸기가 뭡니까?"

"욕입니다."

"개도 아니고 뼈꾸기가 무슨 욕이란 말입니까? 거참 개뼈꾸기 같네."

"영화 「황해」를 보니까 이런 쇠스케 같은 새끼가…… 그러던데 그건 뭡니까? 「황해」 봤어요?" 최딴따가 끼어들었다.

"봤지요. 「범죄도시」도 봤습니다. 쇠스케는 미친놈이란 뜻입니다."

"생각대로네. 하나만 더 물읍시다. 어떤 배우가 연변 말을 잘합디까?"

"김윤석이죠. 구남아, 니 한국 가 사람 하나 죽이고 오라……"

"똑같네."

길가의 허름한 식당에서 요기를 한 일행은 현지인의 손끝을 좇아 석두하자역을 찾았다. 증기기관차를 떠나보낸 석두하자역과 한때 역 광장 노릇을 했다는 마당에는 당국에서 수매한 옥수수가 산더미처럼 쌓여 있었다. 일행은 역사 뒤 대서산을 구경하고 비포장도로를 따라 다음 여정지인 냉산 마을로 향했다.

"윤샘 콧김 뜨거워지네. 난데없는 고령자 타령이라니……" 차에 돌멩이 닿는 소리가 들리자 최딴따가 윤기사를 놀린다.

"걱정 놓으시라요. 현대가 차는 좋습니다."

"차는 좋다? 하는 짓은? 윤샘 같은 조선족은 그래도 현대 차를 사주는데……"

"한때는 연변 부덕 축구단을 지원도 했댔지요. 남조선 박태하 감독도 오고 윤빛가람 선수도 뛰었습니다. 세월 좋았지요. 북경이나 천진이나 쫄딱 망하고 갔으니까. 그런데 끊겼습니다. 부덕은 하부리그로 떨어졌어요." 곽의 대답은 열기 없이 시큰둥하기만 했다.

"쇠스케 같은 새끼들이 다 그렇지 뭐." 김이 냉소를 물었다. "훈춘 같은 데 공장 지어 조선족 고용해주면 여기 사람들 한국 가 뺑뺑이 돌 일도 없잖아."

"무슨 그런 낭만적인 말씀을. 자본이 동포를 따져? 그 공장 서안에 지으면 생색도 나고 혜택도 받는데." 최딴따는 김보다 더 냉소적이었다.

"조선족 대부분이 남한에 갔대잖아. 이곳 조선족과 연해주의 고려인, 그리고 남북한. 가슴 떨리잖아? 국가나 자본이나 상상력이 그 정돈 돼야지." 김이 말했고,

"기딴 소리 말라우. 국가나 자본은 고저 폭력 집단에 불과하디." 최딴따가 다시 북한말을 흉내 냈다.

"어쨌든 연변조선족자치주는 축소 일로입니다. 백두산 빠져나가고 훈춘도 빼간단 소문이 파다합니다. 조선족 절반은 남한에 가 있고 나머지도 흩어지는 중이지요." 곽이었다.

"백두산 빠지고 훈춘 빼면 남는 게 뭐야. 중국이 그러면 안 되지. 혁명 과정에서 조선인이 해준 게 얼만데. 그러니까 북한이 배은망덕하다고 하는 거라구." 김이 말하는 사이 차는 중동철도 연선의 냉산역을 지나 고령자역을 향해 오르막길을 탄다. 철로가 새로 깔리면서 길이 된 석두하자와 고령자 구간의 옛 철길은 협곡 속으로 긴 꼬리를 늘어뜨리고 있었다. 왕청에서 산 지도에는 지명만 있지 등고선이 표기되지 않아 고도가 제대로 파악되지 않았는데 고령자역은 치산 정상에 둥지를 튼 듯했다. 특히 냉산에서 고령자 구간은 아무리 스위치백 노선이라지만 기차가 오르내렸다는 왕년의 기억을 도무지 실감할 수 없을 만큼 경사가 가팔랐다. 산모퉁이를 따라 길은 계곡을 질러 절벽을 곁에 두고 뱀 잔등처럼 모퉁이를 돌아 나간다. 백양나무와 잎갈나무가 가지를 드리워 주변은 습기로 축축해 보였고, 북방미인 같은 자작나무가 시선을 끌었다.

"어째 으스스하네. 관운장이 조조를 기다리던 화룡도가 이렇게 생겼을까?" 최딴따가 창 아래 낭떠러지를 굽어보며 중얼거렸다.

"읽었구나, 최 선생!" 곽의 느닷없는 외침에 사람들 귀가 웅웅 울렸다. 목이 굵어 그런지 곽은 유난히 목소리가 우렁 찼다. "제가 대학 다닐 때 『삼국지』 읽기 모임에 참여했었거 든요. 『삼국지』 첫머리에 이런 대목이 나옵니다. 천하란 오래 나뉘면 합하게 되고 오래 합쳐지면 반드시 나뉘게 된다. 텐시 아 따쓰 뿐쥬 뻐허 허쥬 삐뿐."

"완전 음악이네."

차가 고령자역에 도착하자 냉산역에서 십오 킬로미터나 협 곡을 뚫고 왔다며 윤 기사가 안도한다. 중동철도 연선의 역사 중에서는 고령자역의 표고가 가장 높다는 설명을 푯말에서 확인한 일행은 경외 어린 시선으로 목조 건물을 올려다보았 다. 유리창은 금 가거나 깨진 것 없이 말짱했고 비늘판 널 또 한 벌레 먹거나 곰팡이 핀 흔적이 없어 존재마저 희미해진 역 사가 의미를 부여받은 건축물처럼 웅장해 보였다. 사진을 찍 고 역사 계단을 내려와 곽과 윤 기사와 최딴따가 오줌을 싸는 동안 김은 삭정이를 분질러가며 비탈을 살피더니 이곳에 신 민부의 옛 둔전이 있었을 거라고 감개를 드러냈다. 애초에 북 만주를 기행하기로 했을 때 행선지를 정한 사람은 김이었다. 그 계획대로라면 북로군정서와 신민부의 근거지를 최딴따는 따라다니게 되어 있었다. 예전 같으면 사회주의 운동가의 행 적을 찾아다녔겠지만 노정에 관한 한 관여치 않기로 했던 터 라 최딴따는 김의 일정표에 토를 달지 않았다.

치산의 풍광과 역사를 카메라에 담은 그들은 손바닥만 한 햇살을 남겨두고 다시 길을 재촉했다. 고령자 다음 역이 치산역이니 그곳을 거쳐 김좌진이 암살당한 산시로 들어갈 예정이었다. 햇빛이 묽어지다 순식간에 어두워지는 북국 날씨를 손바닥 보듯 꿰고 있는 윤 기사는 누가 보채지도 않는데 가속페달에 힘을 얹었다. 그러나 치산을 채 빠져나오기도 전에 오만상을 찌푸리던 김이 차를 세워달라며 배 앓는 소리를 했다. 차가 서자 둘둘 만 화장지를 쥔 김이 풀숲으로 달려갔고, 남은 사람은 공터 입구에서 시간 죽이기 담배를 피웠다. 그들이 담배를 절반쯤 태웠을 때 낡은 트럭 한 대가 달달대는 소리를 내며 비탈길을 기어왔다. 비탈의 경사를 이기지 못해 트럭은 금방이라도 미끄러질 것 같은데 운전석의 촌부와 조수석의 아내로 보이는 여자가 똥 싸는 김의 엉덩이 쪽으로 슬슬 고개를 틀었다.

"저 개뻐꾸기 같은 새끼 똥 싸는 거 봐라…… 그렇게 말했을 거야." 최딴따가 농을 치는데도 김은 진지하게 똥을 쌌다.

영안에서 하룻밤 묵고 영고탑이 있었다는 고성촌과 대황구를 둘러본 일행은 국경도시 수양에서 여장을 풀었다. 수양에서 차를 달려 밀산에 도착한 그들이 이튿날 찾아간 곳은 만주어로 싱카이라 불린다는 흥개호였다. 호수에 도착한 직후 바다에서나 보게 되는 파도에 시선을 빼앗긴 곽은 중국의 가장 큰 호수는 뭐니 뭐니 해도 홍개호라며 목청을 높였다. 김이 호남성의 동정호보다 큰지를 묻자 두말하면 잔소리라고 퉁방울눈을 뒤룩거렸다. 하지만 홍개호의 삼분지 이 이상이 연해주에 속해 있다고 말할 땐 사람이 시무룩해 보였다. 부채꼴 모양의 호수 위로 국경이 지나가는데 호수 대부분이 실은 러시아령이라는 것이었다. 그런 곽을 김이 위로했다. "보이지도 않는 그깟 국경이 무슨 소용입니까. 오리 떼에겐 아무짝에도 쓸모없는 걸."

호숫가 백사장 뒤로 식당이 여럿 보였지만 철을 넘겨 그런지 문이 닫혀 있었다. 김은 조약돌을 들어 모래를 털고 잠시 만지작거리다 내려놓는다. 책상 모서리에서 먼지를 쓰고 있다가 사라지기보다는 홍개호의 모래밭이 돌멩이 놓일 자리였다.

"곽 선생, 혹시 만주란 말의 유래를 아세요?" 호수를 벗어났을 때 최딴따가 앞에 대고 물었다.

"잘 모릅니다. 만주라는 말 대신 이제 중국에선 동북이란 말을 사용합니다."

"만주에 대해선 여러 가지 설이 있어." 이럴 때 나설 사람은 역시 김밖에 없다. "여진족 족장 중에 만돌이란 사람이 있었는데 거기서 유래했단 설이 유력하더라구."

"만돌이라…… 어쩐지 우리랑 이름이 비슷하네. 여기 지명이 거의 만주어인 건 이곳이 그들 땅이었단 뜻이겠지?" 다시 최딴따였다.

"원래 이곳은 독립된 공간이야. 아무나 들어와 살면 되는. 경자유전의 원칙이 지켜지는 곳이지. 어느 초원에서 몽골인이 양 떼를 몰아오면 그들 것이 되고, 여진족이 오면 또 그 땅이 돼. 돌궐이면 돌궐, 발해면 발해…… 그런데 땅따먹기에 혈안이 된 근대가 문제를 일으킨 거야. 힘 있는 놈들이 금 긋고 우기기 시작한 거지. 연길과 용정은 조선인이 만들고, 심양은 여진족의 도시였어. 중동철도 부설권을 딴 러시아가 철도를 건설하며 일군 도시가 하얼빈이야. 장춘은 또 만주국 수도였으니 일제의 잔재가 남아 있지. 이곳은 유목하는 사람들, 떠도는 사람들의 땅이야."

"그럼 중국이 만주란 말을 꺼리는 것도 동북공정의 일환이겠네?"

"백배 천배 일리 있는 말이지."

"멋지다. 국경에 포획되지 않는 땅이라니!"

당벽진 거쳐 백포자를 찍고 그들은 봉밀산촌으로 향했다. 김은 이 일대가 청산리 전투를 끝낸 홍범도며 최진동, 김좌진 부대가 러시아로 떠나기 전까지 머문 고장이자 북로군정서 총재 서일이 훗날 자결한 곳이라고 설명했다. 일행은 멀리서 봉밀산을 감상한 뒤 식당 아무 데나 들어가 점심을 먹었다. 윤 기사와 곽은 조선 음식 중국 음식 가리지 않았지만 김과 최딴따는 끼니 때우는 일이 매번 고역이었다. 낯선 향신료 냄새를 내몰기 위해 두 사람은 큰 잔에 백주를 따라 마셨다.

그들이 목표로 삼은 가목사는 산적들이 만든 도시라 했다. 그러거나 말거나 차가 장백산맥 끝머리에 접어들자 산세가 느슨해지면서 밭고랑이 넓어지기 시작한다. 밭이 넓어지니 옥수숫대를 태우는 연기가 먼 곳으로 이동하고 대신 구릉에 기댄 마을이 천천히 다가왔다 사라져간다. 앞뒤로 에워싼 산이 줄줄이 이어지는 것도 그렇지만 구릉을 끼고 몇 시간씩 펼쳐지는 옥수수밭도 더 이상 감흥을 불러일으키지 못해 김과 최딴따는 고개를 끄덕여가며 식곤증을 앓았다.

"이곳 역시 시골은 궁기가 흐르는구나. 중국만큼은 서구와 다른 경로로 갔으면 했는데. 마을을 방치하고 바벨탑처럼 콘크리트를 쌓는 도시들이라니." 언제 깼는지 김이 산자락에 붙은 마을을 보며 중얼거렸다.

덩달아 눈을 뜬 최딴따가 입을 열었다. "새로운 경로나마나 연길 가면 북한 식당 가서 김치부터 먹자구. 봉사원 아가씨들 공연도 좀 보고. 어휴, 이노무 향신료 냄새. 윤샘, 연길에 있는 북한 식당 이름이 뭐죠?"

"류경식당입니다." 윤 기사가 짧게 대답하더니 비보를 전했다. "그런데 공연 못 봅니다. 사드 때문에 남쪽 관광객이 싹 빠졌거든요. 공연 사라진 지 오래됐씀다."

"개 같은……" 김이 투덜거렸다. "대통령이란 사람이 천안문에 올라 전승 기념 열병식을 참관했다가 미국 가서 오지게 두들겨 맞았거든. 그러구선 위안부 문제 넘겨줘, 사드 들여와…… 그렇게 된 겁니다. 쇠스케 같은……"

"김 선생, 거 듣기 거북하니 그만 말씀하시지요." 곽이 언성을 높였다. 언성을 높인 정도가 아니라 화를 냈다고 보는 편이 옳을 듯했다. 북만주 탐방을 시작한 이래 그가 감정을 드러낸 건 이번이 처음인데 목소리도 목소리지만 호흡엔 가래의 찐득함까지 걸려 있었다. 김과 최딴따가 조금만 치고 들어가도 한판 붙고야 말겠다는 태도가 역력했다. 속살 찔린 패류처럼 입을 닫아건 김과 최딴따는 야윈 햇살과 참나무가 꽂힌 산자락에 시선을 옮겼다. 아무렇게나 지껄이고 철없이 낄낄대자는 취지가 무례로 비치기라도 한 걸까.

"남쪽 분들은 걸핏하면 사람을 굶겨 죽였다고 북을 욕하고, 뭐가 어쩧네 남쪽 정부를 비방하는데 영 듣기 거북합니다. 남이든 북이든 우리에겐 그게 그나마 비빌 언덕이란 말입니다." 곽이 누그러진 목소리로 말했다. 사과까진 아니어도 경색된 분위기를 풀기에는 부족함 없는 설명이었다. 그러나 곽의 이야기를 듣고도 김과 최딴따는 침묵을 떨치지 못했다. 세상과 동떨어진 성역 따위 그들은 버린 지 오래였고, 그런 상태는 실상 오랜 통증처럼 더 이상 자극도 동통도 아닌 삶의 일부에 불과했다. 물론 그게 무언가를 부정하려는 말이 아니었음을 앞자리의 곽이나 윤에게 설명을 할 수도 있었다. 그러나 다른 경계에서 각자의 언어로 사유하는 동안 고착된 내면이 있었다. 덧들이면 곪지만 덮어두면 살이 오르는 상처도 있는 법이었다.

"하여튼 큰 나라들이 문제로군." 최딴따가 경색된 분위기를 바꾸기 위해 나섰다. "그러니 큰 나라를 모조리 쪼개버립시다. 미국은 남부와 북부와 캘리포니아로, 러시아는 러시아와 시베리아와 연해주로, 중국은 티벳과 신장위구르, 만주와 양자강 남북으로…… 텐시아 따쓰 뿐쥬 뻐허 허쥬 삐뿐!"

칠대하를 지날 즈음 산자락이 거무스레하게 가라앉았다. 칠호력하와 장남구를 통과하자 그마저 사라져 사위가 먹물처럼 깜깜해졌다. 맞은편 도로에 나타나는 불빛도 없고 따라오는 불빛도 보이지 않았다. 간혹 산자락 아래에 불빛이 나타났다 스러지면 태초를 방불케 하는 어둠이 길을 막고 공간을 지웠다. 다른 날 같으면 저녁을 겸해 백주를 마실 시간이지만 홍개호에서 가목사까지가 워낙 멀었다. 게다가 연료게이지에 불이 들어왔다는 소리에 김과 최딴따는 시트 끝자락에 꼬리뼈만 얹어두고 똥 마려운 사람처럼 엉거주춤 앉아 있었다. 인적이 끊어지자 밤은 땀구멍까지 파고드는 밀도로 두 사람을 압박했다. 그런데도 앞자리의 윤 기사와 곽은 알아듣지 못할 연변 억양으로 천연스레 농을 주고받는다. 그 차이였다. 호탕한 척 으스대고 큰소리를 쳐보지만 김과 최딴따는 좁쌀처럼 잘아진 울타리 속 사내들에 불과했다.

가목사를 벗어나자 길이 고도를 높인다. 장백산맥이 숨을 놓은 틈을 타 잠깐 논밭이 펼쳐지더니 이번에는 소흥안령산맥이 앞을 막는다. 일행의 목표는 혹하였지만 해 안에 도착하게 될지 장담하기 어려웠다. 차가 산 중턱의 곡선로로 접어들자 정수리를 드러낸 숲이 아래에 펼쳐졌으며 데칼코마니 화폭처럼 진안고원 어디쯤과 비슷했다. 참나무가 대해처럼 늘어선 모습도 한국에 비해 달리 이색적이진 않았다. 그런데도 이쪽은 야생의 날숨이 짙게 느껴진다.

"어이 최딴따! 혹시 스마트팜이라고 들어봤어?" 가목사의 호텔에서 휴대폰으로 뭔가를 찾아냈는지 김이 묻는다.

"컴퓨터 같은 걸로 농사를 짓는단 뜻인가?"

"빙고! 오십층짜리 건물 몇 개면 서울 시민 다 먹일 식량을 생산한단 뜻이지. 물론 수분과 일조량은 컴퓨터로 조절할 거야. 그렇담 컴퓨터를 조작하는 사람은 농부일까 아닐까?"

"자본이 다 해먹을 건데 뭔 상관이야. 우린 이미 속수무책이라구."

하늘이 어두워지더니 눈발이 치기 시작한다. 윤 기사가 시디플레이어를 작동하자 북만주 기행을 하는 동안 못 박이게 들어온 조선족 가수 송경철의 노래가 흘러나온다. 해란강 물소리 듣고 싶었소 선경대 진달래 보고 싶었소 산기슭에 언덕에 과일동산 구름 같은 사과배꽃 보고 싶었소…… 김은 아직 다 배우지 못했지만 최딴따는 송경철의 노래에 신나게 목소리를 얹었다.

"최딴따는 벌써 노래를 다 익힌 모양이군."

그 말에 곽이 몸을 튼다. "근데 김 선생님, 왜 최 선생이 최딴땁니까?"

김이 웃었다. "혹시 딴따라라고 알아요?"

"그럼 최 선생이 딴따랍니까?"

"베이스기타지. 하얼빈 같은 도시엔 재즈 바 없나? 우리 최딴따 거기 붙여놓으면 근사할 텐데." 물병에 탄 커피를 조금 마시고 나서 김이 장광설을 늘어놓았다. "옛날에 말요, 그게 언제야. 엊그제 같은데 벌써 몇십 년 전이네. 하여간 학생운동이란 게 있었거든. 데모 왕창 하고 다니던. 그때 최딴따도 중요한 일을 맡았는데 글쎄 갑자기 사라져선 나타나질 않는 거야. 대공분실 같은 데 끌려가 죽은 줄 알았지. 그땐 그랬으니까. 그런데 알고 보니 나이트클럽에서 베이스기타를 쳤다지 뭐요. 황당하더만."

그랬었다. 시위를 주동한 혐의로 수배 중인 최딴따가 밤을 피해 찾아든 곳이 그 나이트클럽이었다. 고등학교 동창 녀석이 사이키를 잡고 있어 그곳 조명실은 하룻밤 몸 부리기에 안성맞춤이었다. 그런데 그날따라 베이스 연주자가 나타나지 않자 고등학교 동아리에서 베이스기타를 친 최딴따의 이력을 동창이 밴드 마스터에게 고해바쳤다. 밴드 마스터의 애원에 최딴따는 가게 문이 열리기까지 코드만 적힌 악보를 놓고 구성원들과 손을 맞췄다. 모처럼 소리를 만든 것도 달아오를 일이었지만 내장을 흔드는 베이스기타 소리에 최딴따는 오르가슴을 느꼈다. 시위고 나발이고 베이시스트의 길로 그는 줄행랑을 놓았다.

이춘에서 점심을 먹고 다시 소흥안령의 산자락에 달라붙었다. 눈발이 스러진 자리를 오래전 책받침에서 본 듯한 하늘이 대신 메웠다. 옥수숫대 연기 때문에 별은 구경하기 어렵겠다 했는데 말짱해진 하늘 덕분에 생각지 못한 호사를 누리게 될지 모르겠다고 김과 최딴따는 들뜬 목소리로 떠들었다. 밭에 쌓인 눈 때문에 이곳에선 옥수숫대를 태우지 못할 거라며 곽도 희망을 부채질했다. 산모퉁이를 돌면 다시 산이 나타나기 때문인지 차는 어쩐지 자리에 멈춰 선 것 같았다.

"거 운전이 너무 점잖은 거 아뇨? 소나타 좋다며? 윤샘, 쏩시다!" 최딴따가 소리쳤다.

"안 됩니다. 카메라 많아졌습니다. 벌점도 커서 면허 취소되면 복잡합니다." 윤 기사가 정색하며 손사래 쳤다. 생계 수단인 차를 운행하지 못할 때 그가 직면할 어려움을 김과 최딴따는 충분히 예견할 수 있었고, 그런 의미에서 윤 기사의 과장된 몸짓도 이해가 됐다. 그런데 왜였을까. 언젠가 상해를 방문했을 때 김은 초고층 빌딩이 즐비한 외양과 달리 교통질서는 개판이란 인상을 받은 적이 있었다. 그때 픽 냉소가 스쳐 갔지만 그건 당시의 의식이었고, 지금은 윤 기사의 손사래가 적잖이 실망스러웠다. 양순해진 것들은 주림 대신 굴종을 받아들여 더 큰 위험에 직면하게 된다. 거세마의 눈은 고요하지만 언제나 슬픈 법이다. 어쩌면 중국이란 나라도 저쪽 세계의 매뉴얼에 포획돼가는 건 아닐까.

"곽샘, 이곳 학교에선 지금도 마르크스와 레닌을 가르칩니까?" 김이 물었다.

"그런 거 없습니다. 사실 사회주의란 말도 이젠 안 씁니다."

"사회주의를 똥통에 처박은 지가 언젠데. 누가? 그들이!" 최딴따였다.

"저쪽이 세계라고 말할 때 이쪽에선 천하라는 개념을 썼어. 본래 천하는 인간과 인간, 인간과 만물 간에 경계가 없는 것이거든. 천하가 일가인 셈이지. 그런데 세계는 말 그대로 경계를 가진 것들의 묶음이잖아. 경계를 이룬 것들은 필연적으로 싸우게 돼 있어." 김의 사설은 이번에도 요란했다. 그가 윤 기사와 곽 사이로 얼굴을 들이밀었다. "중국은 원래 그런 천하관에 입각한 나라였어요. 정화가 탐험대를 끌고 아메리카에 당도했을 때 인디언을 까뭉개지 않았거든. 물론 이웃 나라한테도 그런 방식이었죠. 그런데 지금 중국이 사드 가지고 한국 목줄 죄는 것 좀 봐. 화도 나겠지. 하지만 미국 등쌀에 참 어설프게 구는구나, 좀 그렇게 넘어가는 맛이 있어야지. 미국한테, 야 너 나와, 하든지. 그래야 대국이거든."

"거 모르시는 말씀입니다." 어제처럼 곽의 목소리가 또 음역을 넓혔다. "원숭이 앞에서 닭 모가지 비튼다는 중국 속담이 있습니다."

곽의 반격에 김과 최딴따는 또 입을 닫아걸었다. 남과 북을
비판하는 말에 곽이나 윤이 민감하게 반응한다는 것을 어제
겨우 깨달았는데 산 넘자 바다라고 중국에 관해서도 마찬가
지였다. 창밖으로 흘러가는 소흥안령의 연봉을 바라보며 김
과 최딴따는 비로소 곽과 윤 기사의 국적이 중국이란 사실을
실감했다. 같은 언어로 시시덕거릴 땐 보이지 않다가도 방심
하면 튀어나와 살을 베는 것들이 그들 사이엔 깔려 있었다.

"신대한국 독립군의 백만용사야 조국의 부르심을 네가 아
느냐 삼천리 삼천만의 우리 동포들 건질 이 너와 나로다." 최
딴따가 대학 신입생 때 배운 노래를 흥얼거렸다. 잠시 후 김
이 가세해 후렴은 중창이 되었다. "나가나가 싸우러 나가 나
가나가 싸우러 나가 독립문의 자유종이 울릴 때까지 싸우러
나아가아세······"

"최 선생, 그 노래 제목이 뭐죠?" 서먹함을 털고 곽이 헤헤
거리며 묻는다.

"독립군들이 부르던 신독립군갑니다."

"신독립군가라. 어떤 조선족 버스 기사가 남쪽 관광객과 서
간도를 한 바퀴 돌고 오더니 나가나가 싸우러 나가······ 나가
나가 싸우러 나가······ 걸핏하면 그러더란 말입니다. 뭔가 했
더니 신독립군가였네요."

갓길에 차를 세운 그들은 오줌을 싼 후 맨손체조를 했다.

어둠은 골골마다 틈새를 메우는데 옷섶을 뚫은 추위가 살을 찔렀다. 어느 잔칫집이 저리도 요란할까. 검은 도화지에 물감을 분무한 것처럼 크고 작은 별과 성운으로 밤하늘이 온통 호들갑스러웠다. 마치 온 우주의 별들이 한데 모여 각자의 악기로 하모니를 만들어내는 듯했다. 그 모습이 새삼스러워 김과 최딴따가 고개를 들자 별똥별이 우수수 그들의 행성에 내려앉는다. 그런 광경을 처음 접한 사람처럼 김과 최딴따는 유성이 가로지를 때마다 탄성을 지르며 허공을 손가락질했다. 그러나 그건 유년의 기억에 존재하다 가뭇 스러진 전설이 아닌가.

차에 탄 최딴따가 다시 노래를 불렀다. "신대한국 독립군의 백만용사야 조국의 부르심을 네가 아느냐 삼천리 삼천만의 우리 동포들 건질 이 너와 나로다……"

김과 윤 기사와 곽이 노래에 합세했다. "나가나가 싸우러 나가 나가나가 싸우러 나가 독립문의 자유종이 울릴 때까지 싸우러 나아가아세."

흑하에 도착해 숙소를 정한 일행은 흑룡강을 먼저 보기로 했다. 곽은 배도 고프고 날이 추우니 해가 뜨는 이튿날 구경하자고 제안했지만 김과 최딴따는 여행의 목표가 오직 그것인 양 고집을 부렸다. 길 안내가 임무인 곽이 한발 물러나 그들은 곧장 흑룡강공원으로 달려갔다. 차가 공원 주차장에 도착하자 서둘러 차에서 내린 김과 최딴따는 부딪쳐오는 바람을 피해 고개를 틀며 공원 끝 철책 앞으로 걸어갔다. 강변에는 눈이 두텁게 쌓이고 강물도 하얗게 덮여 있어 그곳은 강이 아니라 드넓은 설원처럼 보였다. 강 건너 반대편에서는 블라고베셴스크의 노란 불빛이 길게 늘어서서 깜박거렸다.

담배를 피운 곽과 윤 기사가 차로 돌아가는 것을 확인한 김과 최딴따는 석벽에 걸린 계단을 향해 강바람을 뚫고 걸었다. 눈이 두터워 난간에 매달리다시피 내려와보니 위에서 보던 하얀 것은 눈이 아니라 얼음이었다. 켜가 두터운 얼음장은 세로로 이빨을 드러낸 것도 있어 발을 딛기 사나웠고, 바람까지 옷을 부풀려 삐끗하면 뼈라도 베일 판이었다. 호주머니에 넣은 손을 빼고 두 사람은 극지 탐사 대원처럼 힘겹게 걸음을 뗐다. 얼음 조각을 피해 얼마간을 더 걸어가자 눈밭 같았던 강이 조금씩 꿈틀거리는 게 보였다. 아하, 절로 그런 소리가 나왔다. 강은 얼어 있는 게 아니라 흘러가고 있었다. 수면을 메운 유빙 조각이 오호츠크해를 향해 서걱서걱 몸 부비는 소리를 내며 떠내려가는 중이었다. 몸을 뒤채는 유빙의 그 소리 때문인지 김은 블라고베셴스크의 불빛 속으로 유빙을 징검다리 삼아 건너고픈 충동을 느꼈다. 거기서 제야강을 따라가면 청산리에서 올라간 병사들이 피를 뿌리며 죽어갔다는 자유시가 누워 있다고 했다. 지금은 국경으로 불리지만 거란족이니 동이족이니 하던 자들은 뗏목을 타고 넘나들던 곳이 아닌가.

"언젠가 단동에서 압록강을 본 적이 있어. 단동의 강변이 빌딩숲인데 반해 반대편은 우리네 산골 마을 같았지. 신의주에서 보는 단동의 불빛은 선망이었을까, 위압이었을까." 김이 반대편을 가리키며 말했다.

"나라면 교양 없는 졸부 취급을 하겠어."

"신의주엔 백사장과 수양버들이 있었어. 근사했지. 근데 왜 서글펐을까."

"빌어먹을 근대가 우리의 내면에도 박혀 있으니까. 가시처럼."

바지 지퍼를 내린 최딴따가 추위에 오그라든 물건을 꺼냈다. 배에 힘을 주는데도 바람에 밀린 오줌발이 손과 바짓단을 적셨다. 이튿날 다시 오기로 하고 두 사람이 왔던 길을 되짚어 돌아가자 윤 기사가 테이블 여섯 개뿐인 식당으로 차를 끌고 갔다. 늘 하던 대로 향신료가 적게 들어간 요리 몇 가지를 주문하고 곽이 백주를 골라 왔다. 맞은편 테이블에선 칭따오와 백주 병을 늘어놓고 불그데데한 중국인들이 술을 마시고 있었다. 무슨 말끝이었을까. 어쩌면 이쪽의 낯선 말에 저쪽 테이블에서 싫은 소리 몇 마디를 얹었을지도 모르겠다. 혹은 사내들끼리 처음 겨뤄본 눈빛 몇 합이 예사롭지 않았다거나. 어쨌거나 윤 기사와 중국인들 사이에 어느 순간 알아듣지 못할 말이 넘나들기 시작했는데 어디에서 왔느냐 인사나 나누자는 수작은 아닌 듯했다. 운전을 소임으로 알고 묵묵히 그 일을 수행하던 윤 기사의 눈매가 빳빳하게 곤두선 것도 예사

롭지 않았다. 만일의 사태에 대비해 계속 자리를 지켜야 했으나 손에 묻은 오줌발 생각에 최딴따는 참지 못하고 화장실을 찾았다. 세면기 위에 걸린 거울 속에는 강바람에 머리카락이 흐트러지고 수염으로 턱이 굼실대는 사내가 퀭한 모습으로 서 있었다. 손을 씻고 물을 발라 머리를 만진 그가 화장실을 나서며 보니 식당 안 분위기는 그새 유빙처럼 꽝꽝 얼어 있었다. 비만한 중국인들과 윤 기사 사이에 오가는 말도 아까보다 훨씬 크고 날카로웠다. 그들의 말을 모르니 무엇이 긴장을 야기했는지 알 수 없었다. 곽의 손을 잡으며 최딴따가 속삭였다. "씨팔, 붙으면 나도 거들게."

눈을 중국인 쪽에 박아둔 곽은 복화술을 하는 사람처럼 조용히 웅얼거렸다. "안 싸워요. 맞고 뻗어버릴 겁니다."

비장해 보였지만 그는 겁에 질려 있었다. 한 방 맞은 얼굴로 자리를 지키던 최딴따가 천천히 머리를 주억거렸다. 생각해보니 조선족인 윤 기사와 곽에게는 그게 유일한 방식인 듯했다. 실랑이가 마무리되고 음식과 백주가 나왔다.

간밤에 내린 눈과 북방의 추위로 도로가 봉쇄되었다. 차량 행렬이 길어졌지만 요금소 앞의 공안들은 담배를 피우며 잡담을 나눌 뿐 길을 열어주지 않는다. 윤 기사는 해가 더 오르면 도로를 개방해줄 거라고 말했지만 공안들은 종일 서서 떠들 태세였다. 무료함을 달랠 셈인지 윤 기사가 한국전쟁 당시 중국군으로 참전한 외할아버지 이야기를 꺼냈다. 운전병인 윤 기사의 외할아버지는 경상도 인근까지 내려갔으나 미군의 반격을 받아 고립되었다고 한다. 윤 기사의 외할아버지가 사이드미러로 살펴보니 벌써 대열 후미에서는 투항한 중국군을 한 명씩 쏘아 죽이더라고 했다. 차를 버리고 무작정 밭고랑을 기어간 윤 기사의 외할아버지는 다짜고짜 인가로 뛰어들어 조선족인데 살려달라고 애원했던 모양이다. 그렇게 이틀쯤 숨어 있다 천신만고 끝에 귀대했다는 것이었다.

"한국전쟁 났을 때 귀국하지 못한 조선인 빨치산들은 홍군 소속으로 해남도 해방전쟁에 참여하고 있었습니다." 윤 기사의 말이 끝나자 곽이 바통을 이어받았다. "중국군이 해결하지 못한 일은 조선족이 들어가 처리하곤 했지요. 그러다 어느 날 영문도 모르고 단동에 실려 갔습니다. 그제야 한국에서 전쟁이 난 걸 알았지요. 많이 죽었습니다, 그때."

"나도 들은 이야기가 있어요." 김이 입 다물고 남 이야기나 들을 사람은 아니었다. "어렸을 때 동네 아저씨한테 들었는데, 그 양반 미군 통역이었거든요. 그 사람 말이 어느 날 중국군을 잡아 신나게 두들기는데 나중에는 울면서 그러더랍니다. 해방된 조국에서 개 취급 당할 줄은 몰랐다고."

정확히 열시가 되자 길이 열렸다. 얼핏 봐서는 위험해 보이지 않았지만 도로에는 살얼음이 끼어 있었다. 눈 덮인 야산과 벌판은 흑백필름처럼 단조로웠고, 얼어붙은 이슬이 길옆 시든 풀 위에서 빛을 튀겼다.

"모택동 주석 아들도 한국전쟁에서 죽지 않았어요?" 최딴 따가 묻자,

"죽었죠. 이름이 모안영입니다." 곽이 대답했다. "팽덕회 사령관이 꼼짝 말고 곁에 붙어 있으라고 했단 말입니다. 모 주석 아들이니까. 그런데 미군 폭격 때 두고 온 서류를 찾으러 갔다 죽었어요. 그러니 팽덕회 장군 입장에선 이제 큰일 났잖아요? 무서워서 모 주석은 찾아가지도 못하고 주은래에게 먼저 상의했지요. 주은래가 사바사바는 또 끝내주거덩요. 결국 주은래가 같이 가서 사실을 알렸습니다."

차는 길흑고속도로를 신나게 달렸다. 호리호리한 윤 기사는 열흘 남짓 장백산맥과 소흥안령산맥을 뚫고 흑룡강까지 도맡아 운전해놓고도 피곤한 기색이 없었다. 그의 외할아버지가 운전병이었다더니 거슬러 가면 조상이 파발마를 탔거나 여진족의 팔기군쯤이었을지도 모른다.

"당양벌 전투에서 조자룡은 유비 일가의 호위를 맡았습니다." 김이 느닷없이 『삼국지』 한 대목을 끄집어냈다. "그런데 어느 순간 조자룡은 유비의 가족과 헤어져버린 겁니다. 그는 백만 대군을 뚫고 들어가 어느 우물가에서 미부인을 찾아냈지요. 아들 아두를 남겨두고 미부인이 우물에 뛰어들자 아이를 갑주에 넣은 조자룡은 다시 백만 조조 군을 뚫고 나옵니다. 장판파에서 장비에게 뒤를 맡긴 그는 어렵사리 유비를 찾

아가죠. 품속의 아두는 잠들어 있었어요. 그런데 아두를 넘겨받은 유비의 반응이 걸작입니다. 대뜸 아두를 팽개치더니 너 때문에 위대한 장수를 잃을 뻔했구나 하고 일갈합니다."

이야기를 마친 김은 정적을 찢고 틈입한 탁한 후회의 빛깔을 본다. 유비 이야기는 앞자리와 뒷자리 간에 또 다른 냉전을 야기할 수도 있었다. 그렇지만 옹이에 톱날 박히는 소리가 자꾸 속을 할퀴어 견딜 수가 없었다. 고결한 가치를 실현하기 위해 온갖 간난을 감내했다는 사회주의 혁명가들과 그들을 둘러싼 신화는 얼마나 많은 젊은 영혼을 들끓게 하고 헌신짝처럼 목숨을 내던지게 했던가. 배곯아 죽는 새끼를 두고 숭엄한 상상을 쏟아내기 바빴던 서양의 어느 털북숭이 학자를 그들은 그렇게 욕보이고 부정해야 했는지. 사회주의 국가 지도자들의 그 지질한 권력 놀음을 어쩐지 김은 두고두고 용서할 수 없을 것 같았다.

차로 두어 시간을 달리자 야산이 사라지고 평원이 나타났다. 혹하에 비해 눈도 오다 말았는지 옥수수 그루터기와 흙더미 그늘진 곳만 잔설이 남아 있었다. 벌판이 나타나자 기다렸다는 듯 오줌을 싸야겠다고 김이 윤 기사를 보챈다. 윤이 갓길에 차를 세우자 밖으로 나선 김이 기지개를 켜더니 바지 지퍼를 내렸고, 따라온 최딴따가 나란히 서서 오줌을 갈겼다. 지평선이 가물거리는 평원을 김이 턱짓했다. "벌판에 귀 대고 땅 울음 소리를 들어야 되는 거 아냐?"

그들이 의기투합해 북만주를 기행하기로 한 건 말년의 김좌진이 아나키스트가 된 까닭을 들여다보고 싶다던 김의 생각과 거대한 땅 울음 소리를 들어야겠다는 최딴따의 바람이 맞아떨어졌기 때문이었다. 시간이 흐를수록 연주에 자신이 없어진다며 평원이 우는 소리를 듣고 싶다던 최딴따의 한탄. 음악에 관한 지식이라곤 고교 음악 시간 수준에 머물러 있었지만 최딴따의 말은 김의 속 깊은 현을 정밀 타격했다.

"저걸 봐." 최딴따가 평원을 질러가는 송전탑과 지평선 근처의 도로며 꾸물거리는 차들을 가리켰다. "여긴 땅 울음 같은 거 없어. 개 타고 말 장사하던 벌판 따윈 이제 없어."

김이 고개를 끄덕였다. "고비엘 갈까? 나도 자전축 삐걱대는 소릴 듣고 싶단 말야."

두만강 중간에서 끊어진 양수진 온성다리는 교각 몇 개가 앞으로 나가다 자취를 감춘다. 북에서 철골을 얻으려고 나머지 교각을 헐었다는데 정확한 내막은 알 수 없었고, 푯말에는 온성으로 연결된 다리를 소련군에 쫓긴 일본군이 폭파했다고만 적혀 있었다. 다리가 끊어진 자리에서 사람살이가 보이지 않는 강 건너를 김과 최딴따가 응시하는 동안 그들을 방해하지 않으려는 듯 윤 기사는 몇 걸음 떨어져 담배를 피웠다. 남쪽에서 온 관광객을 안내하기 위해 곽이 떨어져 나간 뒤라 일행은 셋뿐이었다.

골짜기를 쓸고 온 바람이 기세등등했다. 예리한 것으로 도려 파듯 귀가 욱신거리고 동공의 눈물마저 얼어 눈도 깜박여지지 않는다. 갈수기라 두만강은 개천이나 다름없는데 살얼음 위 잔설만 햇빛을 바스러뜨렸다. 건너편 비스듬한 언덕 너머로 각이 가파른 왕재산과 그곳을 에워싼 능선이 짐승의 등뼈처럼 늘어서 있었다. 수달이었다. 아까부터 네발짐승이 저편 강안을 기어가는데 개처럼 보였지만 수달이었다.

"윤 선생!" 김이 뒤에 대고 외쳤다. 윤이 꽁초를 던지고 다가오자 그가 건너편 한 곳을 가리켰다. "저기 흙이 도드라진 곳, 저게 북한의 지하 초소입니까?"

윤은 눈살을 찌푸리고 강 건너를 바라본다. "그런 거 같습니다. 맞습니다."

"씨발, 저긴 난방장치도 없을 거 아냐." 최딴따의 목소리가 바람에 쓸려갔다.

"그런 거 없습다."

"사람이 좀 살자는데 국경은 뭐고 나라는 다 뭐야. 개뼈꾸기 같은……" 그때 최딴따의 목에서 풀린 목도리가 실 끊어진 연처럼 배회하다 자취를 감춘다. 최딴따가 중얼거렸다. "건너가라!"

연길로 돌아가는 차 안에서 김과 최딴따는 실연 다음 날처럼 시무룩해져 말이 없었다. 이제는 밋밋해진 창밖 풍경에 둘의 시선은 뜻 없이 머물러 있었고, 윤 기사가 백미러로 눈치를 살폈다. 류경식당에 다녀온 엊저녁에도 울다 지친 아이처럼 두 사람은 풀 죽어 잠이 들었다. 곽의 부탁으로 봉사원 두 명이 식탁까지 기타를 들고 와 「반갑습니다」를 부르고 앙코르곡으로 혁명 가곡을 불렀다. 두번째 노래가 시작되자 김은 주먹으로 눈을 훔쳤지만 사람들은 모른 척했다. 백주를 큰 컵에 들이켜고도 말짱하던 김과 최딴따는 대동강맥주와 인삼주며 들쭉술을 족족 시켜 먹고 취했다.

"쌀이나 비료가 아니라 군인들 방한복이나 좀 보내주지……" 최딴따가 뇌까렸다.

윤 기사가 백미러를 흘끔거리며 "그거 위험한 발언 아니오?" 하고 묻는다.

"추위에 떠는 애들 옷 좀 입히자는데……" 최딴따였고,

"뭔가 지키겠다고 저 혹한을 견디는데 통일이 대륙으로 가는 찻길이나 얻자는 식이면 되겠어?" 김이 덧붙였다.

점심나절의 국자가는 차와 사람들로 혼잡했다. 중국인들의 시끄러운 대화와 거리의 소음이 밀려들었다. 대주호텔 대신 김과 최딴따가 어제 찾아든 곳은 국제호텔이었다.

"최딴따, 류경식당 가서 동태탕이나 먹자구. 영 꿀꿀해서."

"좋은 생각이네. 윤샘, 류경식당으로 갑시다."

호텔 앞에서 차를 돌린 윤 기사는 왔던 길을 거슬러 류경식당 인근에 둘을 내려준다. 김과 최딴따가 같이 먹자 청했지만 주차할 데가 마땅찮으니 집에 가겠다며 윤은 사양한다. 하는

수 없이 둘이서 단출하게 식당으로 올라가자 전날 얼굴을 익힌 봉사원 아가씨가 웃는 낯으로 반겨준다.

"간단히 동태탕이나 먹을까 했지만 자본주의의 까오가 있지. 리향숙 동무, 요리 좀 골라주시라요." 최딴따가 봉사원의 명찰을 보며 말했다.

"임연수 요리 추천합네다. 조국에서 가져온 민물고기입니다."

"그거하고 동태탕하고…… 술도 추천하시라요."

"남성들에게 좋은 령정술이 있습네다."

"남성들 뭐이가 좋은지는 먹어보면 알갔다. 기걸로 주시라요." 최딴따는 북쪽 말로 잘도 지껄였다.

요리가 나오기 전에 두 사람은 령정술부터 시원하게 들이켰다. 창가 자리에 서양인 셋이 요리를 먹고 있었다. 술병을 들고 라벨에 적힌 글자를 읽던 김이 갑자기 키득거렸다. "여기 술의 원료에 페니스 오브…… 이게 무슨 글자야? 물개 좆이란 말이잖아? 진짜 이 사람들."

"겉멋 부리지 않아 좋은데 뭘."

요리가 나오고 동태탕을 떠 마시며 그들은 서서히 취해갔다. 령정술에 음식을 곁들이던 최딴따가 땀을 비 오듯 쏟다말고 리향숙을 불렀다. "물수건 좀 주시라요. 고저 조국에서 건너온 음식을 먹었더니 땀이 나누만."

서양인들이 나가고 창밖을 보니 북방의 해가 둔각으로 기울어 있었다. 령정술이 바다나고 얼굴이 불콰해진 그들은 대동강맥주로 입가심까지 한 후 식당을 나섰다. 신화서점에 들러 연변 작가가 쓴 조선 독립군 평전과 시집을 샀다. 호텔까지 걸어온 그들은 입은 차림 그대로 침대에 쓰러졌다. 최딴따는 큰대자로 누워 시집을 펼쳤고, 김은 와이파이가 터지자 휴대폰을 꺼내 이것저것 검색했다.

"지난번 사리로 우리 마눌님 단골 식당이 침수됐다는군. 달이 무섭네." 김이 폰의 화면을 두드리며 말했다.

"그러니 달이 세 개면 어떻겠어." 최딴따가 가슴에 시집을 내려놓는다.

"교도소에서 나온 뒤 난 플랜트 노동자가 됐어. 당시엔 그게 경로였잖아. 그러다 기술사 자격증을 딴 후 사업 쪽으로 몸을 틀었지. 십 년만 하고 돌아올 생각에. 잘해먹었어. 그러다 부도가 났고. 어음 쪼가리 들고 정령치에 올라 뛰어내릴까 망설이다 내려왔지. 집 팔고 뭐 팔아 직원들에게 나눠주고 끝내자는 심사로. 꼬리 말고 산 세월을 인정하기로 한 거야. 그날 맥주나 마시려고 술집에 갔더니 니가 기타를 치면서 노래를 부르더라. 놀랍고 반갑고. 그런데 노래를 하다 말고 갑자기 퍽퍽 흐느끼지 뭐야. 니 살아온 모양을 보았지." 취기로 김의 목소리는 안으로 휘어 있었다. "씨팔, 사회주의는 근대의 또 다른 얼굴에 불과해. 자본주의와 동전의 앞뒷면이었어. 난 이제 국민 같은 건 절대로 안 할 거야. 마을 주민만 할 거야."

"그래, 넌 혁명가 해라. 난 베이스를 칠 테니."

"혁명?" 김이 쿡쿡거린다.

"혁명이 별거냐? 말하고 주장하고 새로워지면 그게 혁명이지. 서구에 유학 갔다 온 자들, 그쪽 사람들 이름이나 들먹이면서 정치평론이니 뭐니…… 잡상인들이지. 그들이 찬탄한 건 서구의 노을에 불과해. 니가 혁명해."

말이 끊어졌다. 전화기를 치운 김이 무정장군 평전을 펼쳐 들자 최딴따도 시집을 집어 들었다. 내일 그들은 윤의 차를 타고 청산리 일대를 돈 후 백두산 아래 내두산 밀영으로 떠날 예정이었다. 도중에 비암산 일송정을 구경할 것이며, 해란강과 용정에 있다는 일본 영사관 건물도 찾아볼 계획이었다. 북한이 두만강 밑으로 땅굴을 파고 들어와 중국의 석탄을 캐 갔느니 어쩌니 하며 또 키득거리고, 과연 북한답다며 낄낄거릴 참이었다. 기후협약이 아니라 기술협약이 더 시급하다고 떠들기도 할 것이다. 왜 핵무기만 폐기하냐고, 적정기술은 놔두고 첨단기술도 폐기하자고. 물론 디지털에 대들자는 말도 나올 게 뻔했다. 그들의 일정은 여전히 진행 중이었고, 수다 또한 아직은 끝난 게 아니었다.

검은 바다의 기억

27번 국도에서 방향지시등을 켠 김 교수는 낯선 문자를 보는 기분으로 항, 쟁, 로, 하고 이정표에 적힌 글자를 읽었다. 대학에 재직 중일 때 이런저런 고난을 함께 나눈 '민주화를 위한 교수협의회' 사람들과 오찬을 하고 귀가하는 길이었다. 강원도에서 올림픽이 개막되었으니 겨울은 아직 한창인데도 창을 투과한 햇빛엔 게으름과 한가로움이 넉넉히 묻어 있었다. 27번 국도와 항쟁로가 겹질리는 곳에 선 가로등과 거기 매달린 이정표에도 햇빛은 다소곳이 앉아 있었다. 사실 27번 국도가 생기기 전에는 곁가지 같은 항쟁로가 익산과 군산을 잇는 중심도로였다. 그보다 먼저 그 길은 들에서 수확한 쌀을 항구로 실어 나르고 일본인 지주에 맞서 농민들이 횃불을 밝혀 싸우러 다니던 신작로였다. 하지만 오산에서 임피 농공단지까지만 항쟁로란 이름이 붙은 채 지금은 돌보는 이 없는 시골집처럼 버려져 있었다. 그러니까 항쟁로는 '옥구농민소작쟁의'로 기록된 일제 치하의 일들을 기리기 위해 지어진 이름이었다.

옥구에서 시작해 함라산이 윤곽을 드러낸 오른편 끝자락까지 들은 거침없이 풀어져 있었다. 천하가 흉년이라도 이곳만 괜찮으면 임금부터 한시름 놓고 본다는 임피옥구평야였다. 그러나 들 가운데로 27번 국도가 질러간 후 김 교수의 시선은 매번 길 왼편에 고정되곤 했다. 흙을 북돋아 앉힌 항쟁로가 들과 비슷한 표고로 사행하는 반면 교각에 얹힌 27번 국도는 무식하게 허공을 질러갔다. 그래서 27번 국도를 보고 나면 꽃밭 위에 검은색 크레파스를 죽죽 그은 그림이 생각났다. 이곳은 누구라도 시원하게 울고 싶던 들판이 아닌가.

스쳐 가는 마을을 해찰하며 김 교수는 몇 해 전 방문한 고베 외곽의 가구랏쬬 마을을 생각했다. 항쟁로에 들어서면 왠지 비에 씻긴 것 같던 그쪽 마을과 한줄금 쏟으려고 먼지를 피우는 듯한 이쪽을 비교하게 된다. 물론 그건 좋고 싫음이나 옳고 그름으로 볼 문제가 아니었다. 이쪽과 저쪽이 그저 등가의 덩어리로 양분돼 있을 뿐이었다. 한쪽은 옷 안쪽 흉터처럼 눈에 띄면 통증을 일깨우지만 다른 쪽은 매 순간 공기를 감각하게 되는 그런 정도의 차이였다.

몇 달 후 익산에 있는 대학병원에 고동식을 문병하러 간 김 교수는 기습하듯 내밀어지는 질문 하나를 받게 된다. 살면서 뭔가에 목숨 건 적이 있었는지를 묻는 질문이었다. 백면서생으로 살았는데 그런 게 있을 리 있나요. 김 교수의 답변은 간명해서 적절했다. 그러나 누군가의 손아귀에 목숨이 저당 잡히던 일도 그 범주에 포함된다면 그건 적절한 답변일 수 없었다. 계엄이 확대되고 광주에서 시민들이 죽어나갈 때 김 교수는 몇몇 동료 교수와 연행된 적이 있었다. 뒤에서 조용히 학생들을 돕고 교수들의 시국성명서에 이름을 올린 탓이었다. 한밤중에 자다 말고 체포된 김 교수는 다짜고짜 군용 트럭에 실려 호남지역 계엄사령부가 있는 광주 상무대 영창으로 끌려갔다. 하지만 그때 정작 몸서리가 나던 일은 고문이나 구타 같은 신체에 가해지는 위해가 아니었다. 김대중, 광주, 고베, 조총련…… 그것들을 한 두름에 꿰기란 저쪽의 실력으로 보아 그리 어렵지도 않아 보였다. 물론 역도로 몰려 끌려온 사람들을 취조하는 입장에서도 새로 일을 만들어 격무를 가중시키고 싶진 않았겠지만 생각할수록 그때는 아슬아슬하기만 했다. 눈에 보이는 위협이 아니라 잠복된 공포가 무섭다는 걸 그때 김 교수는 절감했다. 때로는 고향도 눈을 찌르는 비수가 된다는 걸.

그런데 하필 그때도 고동식이었다. 대학에서 쫓겨난 지 몇 년 만에 다시 복직되었을 때 대학은 온통 최루탄 범벅이었다. 그 봄에 고동식의 합판공장에서 농성 중인 노동자들을 지원하기 위해 학생들은 군산까지 몰려가 가두시위를 벌였고, 그 자리에서 연행된 세 명은 덜컥 구속이 되고 말았다. 그 가운데 한 녀석은 뭐가 그리도 바쁜지 얼굴 잊을 만하면 수업에 들어왔는데 제출한 과제물이 또래에 비할 바 아니어서 조용히 주시하던 참이었다. 소식을 듣고 김 교수는 교도소로 면회라도 가야 하는지 며칠을 고심했지만 동료 학생을 통해 책 몇 권을 영치시킨 것이 전부였다. 아끼는 제자 면회도 못하게 뒷덜미를 잡아끈 고향. 고베는 같은 자리를 맴돌게 코를 꿴 코뚜레나 다름없었다.

차는 들을 동서로 가르며 물을 공급하는 탑천(塔川) 다리 위를 지나간다. 하늘은 낮았고 바람이 거센지 탑천 표면의 물비늘이 아무렇게나 쓸려 다닌다. 다리를 건넌 직후 농로 한쪽에 세워진 택시와 거기 기대서서 담배를 피우는 기사 복장의 사내가 차창 너머로 젖혀졌다. 두고 온 물건이라도 떠올린 사람처럼 김 교수는 급히 브레이크 페달을 밟았다. 택시를 넘어 들이 시작되는 곳에 등을 돌리고 앉아 있는 한 노인과 그를 어정쩡하게 굽어보는 중년 사내의 모습이 아까부터 망막 깊은 곳을 찌르고 있었다. 등을 돌린 채 쭈그려 앉은 노인의 떨리는 어깨와 뒤에 선 사내의 아득해진 몸짓이 황량한 들판과 대비돼 이색적으로 보였다. 노인의 흔들리는 어깨는 탑천의 물비늘처럼 파고가 낮았으나 삼키느라고 그렇지 실은 꽤 격렬해져 있는 듯했다. 그런 노인의 제의를 묵묵히 감내하는 중년 사내도 어쩔 수 없는 감개를 몸에 드러내고 있었다. 바람이 옷자락과 머리카락을 잡아당겼고, 27번 국도를 질주하는 차량과 미세먼지에 싸인 함라산이 가물가물 보였다. 차에서 내린 김 교수는 눈이 마주친 택시 기사에게 논둑의 두 사람을 턱짓하며 일본인 같더냐고 물었다. 일본인 같은 게 아니라 일본인이라고 답한 기사는 탑천에 가고 싶대서 이곳에 데려왔다고 했다.

"일본인이 탑천을 다 알고 있다니……"

조심한다고 낮춘 기사의 목소리를 들었는지 노인 뒤편의 사내가 고개를 돌렸다. 갓 환갑을 넘겼을까. 조심스럽고 겸손해 보이는 사내의 얼굴에서 어쩐지 일본인의 표정 같은 게 느껴졌다. 서양 영화를 볼 때 느끼는 이물감이 왜 일본 영화에서는 느껴지지 않는지 언젠가 김 교수는 그것을 따져본 일이 있다. 비에 씻긴 듯한 거리와 일본의 가옥 구조, 희로애락을 직조하는 그들만의 표정이 아무래도 익숙함과 편안함을 제공하는 듯했다. 조심스러우며 사려 깊은 태도, 남을 배려하는 몸가짐과 침착해 보이는 모습, 어쩐지 조금은 친절을 가장한 듯한 말투. 눈이 마주친 순간 사내의 몸에 밴 그것들이 영화를 볼 때처럼 김 교수의 몸에 흘러들었다.

"고향입니까?"

사내의 부축을 받아 자리에서 일어난 백발노인을 향해 걸음을 뗐다. 일곱 살 무렵까지 사용하던 일본어를 간신히 조합한 말이라 상대가 뜻을 알아들었을지 자신이 없었다. 언제부턴가 명사가 떠오르지 않아 말문이 막히곤 하는데 모국어도 아닌 남의 말이 입에 제대로 붙었을지 의심스러웠다. 눈두덩이 부풀고 눈물까지 흘려 우중충하던 노인의 얼굴에 화색이 돌았다. 노인은 김 교수의 일본말보다 훨씬 능숙한 한국말로 본래 군산이 고향인데 죽기 전에 꼭 오고 싶었다며 고개를 끄덕인다. 노인의 능숙한 한국어 실력은 조선에서 보낸 그의 유년이 일본에서 보낸 김 교수의 그것보다 길었음을 암시했는데 덤으로 여든 중반쯤의 나이까지 어림되었다. 김 교수는 일본어 대신 한국말로 효고겐 고베시 가구랏죠가 태어난 곳이라고 조심스레 고백했다. 그러자 노인네의 얼굴이 어쩔 수 없는 반가움과 슬픔으로 일그러졌다.

"제 이름은 다케모토 히로입니다. 오사카에서 왔습니다."

상대가 일본인답지 않게 적극적으로 다가서며 손을 잡았다. 김 교수가 근래엔 불릴 일도 없는 김동호라는 이름을 답례로 일러주자 몇 차례 그 이름을 되뇌던 다케모토가 뒤에 선 아들을 소개했다. 한국어와 일본어가 섞인 그들의 대화를 멀찍이서 듣고 있던 기사가 꽁초를 손가락으로 튕긴 후 택시에 오르더니 부르릉 시동을 걸었다. 차 한잔 대접하고 싶다고 다

급해진 얼굴로 간청하던 다케모토는 퇴임 전에 쓰던 김 교수의 명함을 건네받고 안심하는 얼굴로 머리를 조아렸다.

조선이 해방된 후 현해탄을 건너간 일본인 2세가 이 일대에 찾아와 눈물바람 하더라는 건 새삼스러운 이야기도 아니었다. 개중에는 백발이 성성하거나 허리가 굽고 누군가의 부축을 받아야 기동이 가능한 사람도 있는데 예전 본정통에 해당하는 구시가지를 걷다 보면 심심치 않게 그런 일본인이 눈에 띄었다. 사람들을 의식해 그들은 소리 없이 눈물을 흘리거나 돌아서서 코를 풀었다. 그들은 조용한 편이었고 유령처럼 나타나 흔적을 남기지 않고 사라졌다. 그러니까 다케모토 히로도 그런 사람 중 하나인 셈이었다. 그런데 왜 가던 길을 멈추고 명함까지 건넸을까.

콧속의 종양을 들어낸 후 후각이 상실된 아내를 김 교수만큼 가까이서 지켜본 사람은 없다. 그 일 이후 후각 대신 과거의 기억을 그러모아 그녀는 요리를 한다. 같은 양의 소금과 고춧가루를 넣고 기억에 의존해 참기름을 치고도 미심쩍은 얼굴로 음식 맛을 묻곤 하는 아내. 냉장고마저 미덥지 못한 그녀는 전보다 곱절이나 많은 음식물 쓰레기를 내다 버린다. 남들이 가진 것을 상실한 아내는 그렇게 미세한 지점에서 남과는 다른 삶의 궤적을 그려왔는데 그 미세한 차이란 게 겪는 사람에겐 매 순간 긴장을 강요하게 마련이었다. 후각을 잃은 아내는 매사가 자신 없고 어리둥절할 뿐이었다. 교수 체면에 발가벗겨져 떨던 광주 상무대에서의 나날들과 매사에 멈칫대며 자기검열을 하게 되던 순간이 김 교수의 눈에는 그런 아내의 모습과 겹쳐 보일 때가 많았다. 남들이 가진 것을 갖지 못한 건 불편이 아니라 공포라는 사실. 보지 못했으면 몰라도 그들 부자를 목격한 이상 그건 그냥 넘어갈 일이 아니었다.

올림픽 개막식 이야기를 뉴스 채널은 종일 내보냈고, 전문가라는 사람들의 의견도 틈틈이 끼워 넣었다. 개막식에 참석하기 위해 북에서 왔다는 사람들과 조금 떨어진 자리에 나란히 앉은 미국의 부통령이며 일본 수상을 텔레비전은 분할 화면으로 내보내기도 했다. 그 모습은 마치 소꿉놀이를 하다 수가 틀어져 마당을 갈라 이편저편 따로 노는 아이들 같았다. 그 유치한 모습을 김 교수는 유치한 줄도 모르고 종일 쳐다보았다. 아내가 마트에 간다며 집을 나선 후에도 한나절씩 시간을 보내곤 하던 고서점마저 잊고 콧날이 시큰대면 킁킁 콧바람을 불며 텔레비전을 주시했다.

고서점에 나가 서가에 꽂힌 책을 둘러보는 게 그즈음 김 교수의 낙이었다. 정년퇴임을 하고 나자 새로 나오는 책에 흥이 떨어지더니 고서점에 재미가 붙었다. 요즘 같으면 출간되지 않을 책이 삼사십 년 전에 나왔다가 색 바랜 채 놓여 있는 걸 보면 흥분이 되었다. 특히 세로쓰기로 편집된 책을 발견하면 콧김이 먼저 뜨거워졌다. 한때 인기를 끌다 종적을 감춘 일본의 대중소설을 김 교수는 집에 들고 와 코 박고 읽기 일쑤였다. 그렇지만 고서점도 찾지 않고 새로 사 온 일본 소설도 뒷전인 채 그날은 종일 텔레비전에 매달렸다. 언제부터였나. 잔안의 커피가 미세하게 흔들렸는데 실은 탁자 위의 전화기가 끈질긴 진동음을 발신하는 중이었다. 지역번호가 찍힌 낯선 전화, 다케모토 히로였다.

전통찻집도 아니고 커피전문점도 아닌 명산동 작은 찻집에 다케모토 히로는 홀로 앉아 있었다. 다듬잇돌이며 어디선가 사용하다 버린 듯한 재봉틀 따위를 세워놓고 헝겊으로 만든 꽃과 크고 작은 수술을 걸어놓아 무당집 분위기를 풍기는 찻집이었다. 그런 공간에 원래 그렇게 배치된 장식물처럼 그는 고요히 앉아 있었다. 생각보다 바람이 매서웠던지 양복 위에 바바리를 걸친 모습이었다. 대추차와 커피가 나오자 지난 이틀 동안 시내를 구경했다며 그는 차분하게 근황을 설명했다. 아마도 신흥동 일대를 돌며 국내 유일의 일본식 사찰인 동국사와 히로쓰 가옥, 그리고 몇몇 왜식 건축물을 보았을 듯했다. 일제 때 쌀을 저장했다는 장미동 인근의 근대역사박물관이나 옛 세관 건물도 보았을지 모른다. 동국사에 들렀다면 대웅전 앞마당의 소녀상도 물론 보았을 것이다.

"촛불시위가 한창일 때 오고 싶었습니다. 아시아에서 유일하게 본원적 근대가 싹트고 있었으니까요. 자랑스러웠습니다."

근대라는 거창한 말을 이야기 첫머리에 얹는 모습에서 고약한 현학이 느껴져 냉소가 튀어나오려고 했다. 고향인 이웃 나라와 타향인 자기 나라 사이의 그 질긴 심연을 과연 그가 냉정한 눈으로 보고 있긴 한 건지 의심스러웠다.

"고장 나버린 근대인걸요."

"녹슨 자전거라도 없으면 갖고 싶지요. 더구나 이곳은 고향입니다."

다케모토의 꾸지람은 정중했고 말에서는 설득력이 느껴졌다. 그렇다고 김 교수가 그 말에 완전히 설복된 건 아니었다. 어쩐지 당신네가 가르쳐준 방식으로 발가벗겨져 맞아본 적이 있는지, 근대 운운하는 소리가 댁의 고향인 이곳에선 얼마나 무서운 말이었는지 아느냐고 묻고 싶었다. 북에서 온 사람들과 미국이나 일본에서 온 손님들의 껄끄러운 조우를 텔레비전으로 줄곧 보아온 탓인지 김 교수는 묘하게 격앙돼 있었다. 그러나 김 교수와 달리 다케모토는 매우 침착한 편이었다. 그는 위로 세 살 많은 누이가 있었지만 현해탄을 건넌 지 얼마 안돼 자살했다는 뜬금없는 말을 늘어놓더니 이렇게 덧붙였다.

"본토로 쫓겨간 후 우리는 히키아게샤(引揚者)라고 차별받았습니다. 내지인들은 외지에서 굴러온 거지라고 우릴 놀렸고, 본토 밖에서 호사를 누렸으니 힘들게 살아도 된다고 멸시했습니다. 물론 나와 누이는 태어나고 자란 조선을 떠나 왜 낯선 땅으로 가야 했는지 알 나이가 아니었지요."

다케모토의 목소리는 마치 고자질을 하는 사람처럼 나지막했다. 이야기를 듣는 동안 김 교수는 쪽바리라고 외치며 따돌림과 손찌검을 일삼던 귀국 직후의 또래들을 떠올렸다. 일본어를 내몰기 위해 분투하던 날들은 얼마나 힘겨운 고독을 수반하던지. 나이가 여든이지만 지금도 김 교수는 자신의 한국말 발음이 시원찮다고 느끼는 편이었다. 삶은 먼지를 털듯 저쪽의 흔적을 지우려고 몸부림친 기억이기도 했다.

"조선을 떠날 때 우린 밀항을 했습니다. 천 엔 이상은 반입하지 못하게 나라에서 막았다더군요. 출항 이틀째가 되어 배가 현해탄에 접어들자 물결이 거칠어졌습니다. 현해탄은 검고 무서웠어요. 검은 덩어리가 솟구치고 나면 뱃전이 쑤욱 올라갔다 곤두박질쳤지요. 덕분에 선원실 바닥을 박박 기었답니다. 특히 누이는 롤링에 떠밀리다 다리가 골절돼 밤새 울부짖었어요. 게다가 바다엔 밀선을 노리는 해적들까지 들끓었다고 합니다. 그러니 그 일은 모두의 목숨이 걸린 도박이나 다름없었습니다. 그런데도 우리가 변을 당하지 않은 건 헌신적으로 우릴 돕던 한 조선인이 있었기 때문입니다. 우리 중 누군가가 격랑에 휩쓸린다 해도 몸을 던져 구해낼 사람 같았지요. 이튿날 우릴 규슈에 내려준 그 조선인은 다시 풍랑 속으로 떠나갔습니다."

거친 항해 끝에 뭍에 오른 사람처럼 다케모토는 김이 오르는 대추차를 불지도 않고 마셨다. 그제야 군산에서 태어난 그가 왜 황량한 벌판에 나가 눈물을 흘렸는지 알 것 같았다. 평범한 일본인 이주민보다 가져갈 게 많은 자산가들이 밀선을 이용한 것은 자명한 사실인데 그의 부친이 항쟁로 인근의 농장주였다 해도 이상한 일은 아니었다. 그의 부친은 장롱이든 재봉틀이든 일본에 가서라도 팔거나 쓸 수 있는 물건은 모조리 밀선에 실었을 것이다. 혹시 다케모토의 누이는 본토인의 멸시나 따돌림이 아니라 생활고와 향수 때문에 자살한 게 아닐까. 공주마마처럼 호의호식하던 군산에 그녀의 향수는 닻을 내리고 있었겠지만 그건 하루아침에 사라진 신기루였을 테니까. 하기야 일본에서 돌아왔을 때 적의를 담고 쏘아보던 조선의 또래들은 주린 살쾡이처럼 눈만 살아 번쩍였었다. 조선에서 나고 자란 아이들의 그 거칠고 저돌적인 방식이 놀림이나 주먹질보다 김 교수는 언제나 힘에 겨웠다. 대륙에서 몰아치는 겨울바람은 절로 몸을 움츠러들게 했고 마음속 빗장까지 닫아걸게 만들었다. 그들 오누이에게 태평양의 습도 높은 바람은 얼마나 낯설었을까. 다케모토가 대추차를 좋아한다고 생각했는지 찻집 주인 여자가 한 잔을 더 내왔다. 새로 나온 대추차 한 모금을 마신 후 다케모토는 가족의 귀환을 돕던 조선인 이야기를 꺼냈다.

"그의 이름은 고영쇠였습니다."

둔기로 맞은 듯하다는 말이 무슨 뜻인지 알 것 같았다. 인근의 나이 든 사람치고 고영쇠란 이름을 모르는 사람은 없었다. 해방 후 유리공장과 합판공장, 주조공장을 세우며 이재에 밝고 수완이 뛰어난 사업가로 그는 사람들 입에 오르내렸다. 그 이름을 듣거나 입에 담을 때 사람들이 느끼는 감정은 선망이나 존경, 혹은 질투였다. 그런 고영쇠가 적산(敵産)을 발판 삼아 중견 기업인으로 성장했음을 방금 다케모토는 장막 끝자락을 들춰 엿보게 해준 셈이었다. 몸이 녹았는지 바바리코트를 벗어 의자에 걸쳐놓은 다케모토는 집안에서 조선말을 익힌 사람은 아버지와 자신뿐이었다고 부연했다. 일본인들은 본정통의 일본인 거주지에 살았고, 일본 아이들은 일본인 학교를 다녔기 때문에 조선말이 필요 없었다는 것이었다.

"그럼 조선말을 어떻게 익혔습니까?"

어쩐지 다케모토는 질문을 유도해가며 사람을 끌어들이는 재담꾼 같았다.

"고영쇠 씨의 아들 때문이지요. 고영쇠 씨가 아들을 붙여 행여 닥칠지 모르는 위험으로부터 나를 보호하게 했으니까요."

"아아!"

냉소인지 탄식인지 모를 덩어리가 가슴을 쓸고 갔다. 다케모토 집안에 대한 고영쇠의 헌신과 충성이 눈에 보이는 듯했다.

"한번은 무슨 일로 조선인 거주지에 갔다가 봉변을 당한 일이 있지요. 그런데 그가 코피를 흘리며 싸워줬어요. 또 언젠간 불에 그슬린 보리 이삭을 건네주기도 했습니다. 이 나이

되고 보니 그게 그리 그립습니다. 그래서 말인데…… 도와주시면…… 사례를 할까 하는데……"

그때쯤 예감 하나가 김 교수의 눈앞에 밀려들었다. 김 교수가 어려서 살던 가구랏쬬 마을의 고무공장 등을 고베의 누구에게든 묻고 싶었듯 다케모토 역시 그런 심정이란 걸 충분히 이해할 수 있었다. 그런데 시종 차분하고 조용하면서도 다케모토는 껍질을 들추고 야금야금 먹어 들어오는 듯했다.

"지금 그걸 먹을 순 없을 겝니다."

그 말이 아님을 알면서도 김 교수는 딴청을 부렸다.

"겨울이니까요. 제 부탁은 그게 아닙니다. 내게 조선말을 일러주고 나를 위해 코피를 흘리며 싸워준 사람, 고향의 냄새를 코끝에 각인시켜준 사람…… 죽기 전에 그를 보고 싶습니다. 그의 이름은……"

"압니다. 고동식이죠."

십여 년 전 김 교수가 고향을 방문했을 때 뇌리에 희미하게 남아 있던 가구랏쬬 마을의 풍경은 고베를 강타한 지진 때문에 사라져버린 뒤였고, 경사면을 따라 늘어선 석축만 꿈에 본 듯 아련했다. 그 모습에 좀 더 일찍 방문하지 못한 것을 후회하며 망연해졌던 기억이 난다. 젊을 때는 해외여행이 자유롭지도 않았고, 일본에 대해서도 걸핏하면 핏대를 세우던 시절이라 어쩔 수 없었던 일이긴 했다. 해외여행이 수월해진 후 어머니에게 방문 의사를 물었으나 생각이 없다고 하는 바람에 또 허송한 세월이 후회스러웠다. 그러나마 호소가와 부근의 신발공장을 찾아 주변을 헤매고 다녔지만 어디가 어딘지 도무지 종잡을 수 없었다. 무엇보다 미군의 공습을 피해 숨어든 산골의 수로와 들보에서 뱀이 떨어지던 누군가의 집을 꼭 찾아보고 싶었으나 허사였다. 그 집엔 또래의 계집아이와 뛰놀던 마당이 있었고, 마당 한쪽 담장에는 꽃을 주렁주렁 매단 호박 넝쿨이 걸려 있었다. 호박꽃 속을 분주히 드나들며 웅웅거리던 꿀벌들. 세상은 전쟁 중이라지만 그 웅웅거리는 소리는 여름날의 나른함을 환각이나 간지러움처럼 건네오곤 했었다. 그럴 때면 바지를 내리고 또 치마를 걷어 올려 서로 앙증맞은 것들을 내보이곤 했는데 그건 성에 대한 은밀한 자각이었을까. 어쨌거나 어머니마저 돌아가신 터에 달리 문의할 데가 없어 찾기를 포기한 일이 마음에 걸렸다. 훗날 계집아이네는 북송선을 탔다는데 상상 속에서 재구성된 이야기는 아닌지 그마저도 혼란스러웠다. 그러니 비행기 안에서 현해탄을 내다볼 때 찬바람 드는 가슴만 시렸달 뿐 눈물을 흘린 기억은 없었다. 차라리 어딘가 쭈그려 앉아 다케모토처럼 울어나 보았더라면.

다케모토를 만나고 돌아와 김 교수는 같은 대학의 예전 경영학과 교수에게 전화를 걸었다. 고동식의 회사 사외이사인 그에게 용건을 말하자 얼마 되지 않아 고동식이 직접 전화를 걸어왔다. 만나려는 이유를 물어도 되겠냐고 깍듯이 물었지만 걸쭉한 목소리 때문인지 그는 탐색이 아니라 육박을 해오는 것 같았다. 둘러댄다는 인상을 남기고 싶지 않아 다케모토 히로가 보기를 청한다고 솔직히 밝히자 한참만에야 고동식은 점심을 대접하겠다며 문자 메시지로 주소를 보냈다.

'학수재 가는 길'이란 푯말이 차 한 대 간신히 들어갈 길을 가리켰다. 학당산(鶴堂山) 자락에 지은 집이니 학수재란 거기서 가져온 이름일 텐데 기다림(鶴首)인지 장수를 축원(鶴壽)하는 쪽인지 뜻을 짐작하기 어려웠다. 내기를 한다면 장수 쪽에 걸겠는데 마음은 기다림 쪽을 기웃거렸다. 모퉁이를 돌자 산줄기 사이로 주차장이 나타나고 컨테이너로 만든 경비실에서 사람이 나와 언덕에 걸린 계단을 가리켰다. 철제 난간을 잡고 올라가자 담 대신 집을 둘러싼 야트막한 언덕에서 김 교수를 보고 진돗개가 짖었다. 고동식으로 보이는 늙은이가 마당에 서서 시끄럽다고 진돗개를 나무랐지만 실은 대견하다고 칭찬하는 기색이 역력했다. 지금은 말리지만 여차하면 물어, 하고 외칠 태세였다. 고동식은 노인답지 않게 풍채가 당당할 뿐 아니라 코피 좀 흘리는 선에서 과연 여럿을 감당할 만큼 손도 큼지막했다. 그렇지만 몸 어디가 상하는지 피부는 어둡고 눈은 탁했으며 손을 잡아 흔드는 팔에서도 완력이 느껴지지 않았다. 호흡을 할 때 보니 기도를 오르내리는 소리도 맑지 않고 특특했다. 합판공장에서 농성을 했다던 노동자들과 그들을 돕다 교도소에 간 제자는 지금쯤 무엇을 하고 있을까.

"우리 주방장 동치미국수가 별미입니다."

그렇게 말하며 고동식은 바깥 풍광이 내다뵈는 방으로 김 교수를 안내했다. 차가 나오자 손을 들어 권하더니 고동식이 다시 말했다.

"일은 아들놈에게 맡기고 저는 이렇게 슬렁슬렁 놉니다. 지금은 장학사업에 관여하면서 소일하지요. 장학사업은 참 잘한 일 같습니다."

"훌륭하십니다."

초대를 받은 값으로 입에 발린 말을 보탰다.

"선친께선 워낙 없이 사셨던 분이라 수중에 들어온 것은 절대 내보내지 않으셨어요. 세상에 그런 자린고비가 있나 싶을 만큼요. 이거 뭐 돌아가신 분 흉이나 보고…… 하여튼 전 내놓을 수 있으면 내놓으려고 합니다. 이리역 폭발사고 때도 의연금으로 집 몇 채 값은 나갔을 겁니다."

억제하고 싶지만 절로 말들이 튀어나와 스스로도 못마땅한 듯 그는 자주 이마를 찡그렸다. 무언가를 감추거나 지키려는 사람은 철책을 두르고 요령을 달아 큰 소리가 나게 하는 법이다. 그렇게 했는데도 틈입하는 게 있으면 그땐 엽총을 꺼내 들겠지. 그렇다면 고동식이 막으려는 건 다케모토일까. 물론 그도 포함되겠지만 본질은 그 너머 어디에 있을 거라고 김 교수는 생각했다.

동치미국수 한 그릇을 비우고 주방장이 커피를 내오자 고동식은 그제야 다케모토를 어떻게 아는지 물었다. 장학회를 설명할 때에 비해 다케모토란 이름을 입에 담을 때 그의 얼굴은 다소 딱딱해 보였다. 그 딱딱함 속에서 눈동자를 움직일 때면 가끔씩 푸른빛이 느껴졌다. 먼저 고향이 고베임을 밝힌 김 교수는 다케모토와 만나게 된 경위를 차분히 설명했다. 이야기를 듣는 동안 시선을 식탁에 둔 고동식은 느린 동작으로 커피를 마셨다. 후루룩 소리에도 깨지는 사념을 붙든 듯 자세를 흐트러뜨리지 않았다. UN에서 요직을 지냈다는 사람과 전임 국회의장의 글씨며 그가 역대 대통령과 찍은 사진이 식당 벽에는 일렬로 걸려 있었다.

"사실 난 아버지의 뜻을 따라 다케모토의 수발을 들던 머슴에 불과했습니다. 들으셨는지 모르겠는데 한번은 그와 조선인 마을에 갔다가 봉변을 당했지요. 난 코피를 흘리며 싸웠습니다. 왜 그랬을까요? 다케모토를 지키려고?"

고동식은 호주머니에서 담배와 라이터를 꺼냈다. 아직 개봉도 하지 않은 새 담배였다. 그가 담배를 물며, 의사가 피우지 말랬는데, 하더니 불을 붙였다. 기침을 하면서 몇 모금 들이켠 그가 상 위를 두리번거리다 커피 잔에 꽁초를 담갔다.

"내가 지키려던 건 나 자신과 아버지였습니다. 다케모토에게 무슨 일이 생겼다면 아버지에게 맞아 다리가 부러졌겠죠.

농장 관리인 자리가 걸려 있었으니까요. 교수님, 다케모토는 단지 고향을 찾아온 걸까요?"

그의 말꼬리가 날카롭게 솟구쳤다. 얼굴도 엄격해져 그는 꾸중하고 김 교수는 벌을 서는 입장 같았다. 다가오는 천적을 향해 독을 뿜듯 그 순간 고동식은 팽만한 긴장을 발산하고 있었다. 뭔가를 완강히 거부하고 퉁겨내겠다는 대련 직전의 품새와 다름없는 자세였다. 그쯤에서 다케모토의 일은 접고 수순을 밟아 자리를 뜨는 게 현명한 처신이 될 거라고 김 교수는 생각했다. 그런데 다음 말이 문제였다.

"그는 친구가 아닙니다. 필요하면 여비를 좀 보태겠다 전해 주십시오."

물어, 하고 외치는 소리였다. 김 교수는 조용히 자리에서 일어났다.

"난 심부름이나 하려고 온 게 아닙니다. 동치미국수 잘 먹었습니다."

밖으로 나와 성급히 신발을 꿰고 주차장으로 통하는 계단을 내려왔을 때 내려다보는 시선이 느껴졌지만 올려보지 않았다. 아까는 못 봤는데 학수재(鶴壽齋)라고 새겨진 표석이 층계 입구에 서 있었다.

올림픽이 끝나고 새소리 요란한 판문점에서 남한의 대통령과 북한의 최고지도자가 만나는 모습을 텔레비전은 실시간으로 중계했다. 두 정상이 산책하는 다리 뒤편에는 막 돋아난 나무 이파리와 억새가 미풍에 살랑거렸다. 온갖 새들이 느슨하게 지저귀고 맑은 물소리가 이어지는 가운데 간혹 장끼가 꾸엉꾸엉 정적을 깼다. 아, 딱따구리도 드르르르 끼어들었다.

얼마 후 북한과 미국 정상이 싱가포르에서 만나는 장면을 텔레비전은 또 생중계했고, 김 교수는 식은 커피를 들이켜며 종일 들여다봤다. 향수 냄새를 풍기는 아내는 같이 텔레비전을 보기도 하고 집안일을 하거나 잠깐씩 외출도 했다. 후각을 잃은 아내의 새로운 취미는 향수를 수집하는 거였다. 그녀의 화장대에는 각양각색의 향수병이 정돈돼 있었다. 어느 날 나란히 앉아 남북관계 뉴스를 시청하는데, 난 지금도 꿈을 꿔요, 그때 안방의 이불을 밟고 다니던 군홧발 말예요. 아내는 남 이야기하듯 그렇게 중얼거렸다.

한번 보았으면 한다는 고동식의 말을 대신 전한 사람은 그의 아들이었다. 별로 응하고 싶은 생각이 없었으나 병이 깊다고 했다. 해골과 뼈다귀만 윤곽이 뚜렷한 고동식은 익산에 있는 대학병원에 입원해 있었다. 커다란 입원실을 독차지했는데 곁을 지키던 장남을 인사시킨 그는 수발드는 사람이며 간호사와 가족을 모두 내보내고 김 교수를 맞았다. 침대 곁에 의자를 놓고 앉자 학수재에서 만났을 때 실은 병이 깊어진 상태였다고 비밀을 털어놓듯 고백했다. 이어 한 가지 질문을 던졌는데 무언가에 목숨 건 적이 있었느냐는 바로 그 물음이었다. 막연한 각오 말고 정말 목숨을 걸었던 일. 백면서생으로 살았는데 그런 게 있을 리 있나요. 김 교수는 광주 상무대 영창을 떠올렸었다.

"선친께선 밀선을 구해 다케모토 일가족을 밀항시켰지요. 그날 현해탄엔 풍랑이 사나웠다더군요. 하지만 그 바다에서 죽거나 그들을 데려다주는 것 외엔 달리 택할 게 없었답니다. 선친께 농장을 팔았다는 매매계약서를 다케모토 히로의 아버지가 쥐고 있었기 때문이죠. 배가 규슈에 도착해서야 그는 몸에 두른 자전거 튜브에서 계약서를 꺼내더랍니다. 그런 뒤 서류 하나를 내밀며 지장을 찍으라고 했다는군요. 그걸 한 부씩 나눠 가졌는데 선친께선 돌아오는 길에 찢어버렸다고 했습니다."

병상에 누워 고동식은 그릉거리면서도 말을 많이 했다. 결국 그 말을 하기 위해 목숨 타령까지 한 모양인데 궁금증을 불러일으키는 장치를 말 안팎에 알뜰히 깔아두고 있었다.

"그게 뭐였죠?"

김 교수는 그의 청에 순순히 응했다.

"그들이 다시 오거든 재산을 반환하겠다는 서약서."

병색이 완연한 고동식의 얼굴에 번개 치듯 긋고 가는 빛을 그 순간 김 교수는 본 것 같았다. 마지막 일격을 가한 사람의 득의만만한 표정이라고나 할까. 물론 그들 사이에 있었다는 일은 누구라도 가슴 뜨거워질 이야기이긴 했다. 그렇지만 고동식은 식민지에서 쫓겨가는 자들의 섬뜩한 욕망마저도 부친과 자신을 설명하는 데에 할애하고 있었다. 그는 부친과 본인의 상처가 얼마나 크고 깊은지를 시종 하소연하는 인간으로 비치길 원했다. 김 교수가 입을 열었다.

"선친께선 목숨을 걸었기 때문에 그 재산을 얻은 게 아니라 그것이 있었기 때문에 목숨을 걸었던 거지요. 사람들은 그걸 적산이라고 합니다. 그리고 그 적산을 차지한 사람을 사람들은……"

"이보시오, 김 교수! 난 이제 죽을 몸이오."

김 교수가 올무를 피해 가자 고동식이 노여움을 드러냈다.

"머잖아 나도 죽을 겁니다. 그러나 죽음으로 모든 게 해결되진 않습니다. 세상엔 죽음보다 엄중한 것들도 있기 때문이죠. 선친과 회장님을 내가 어떻게 판단하든 중요한 건 그게 아니에요. 그건 내가 결정할 일이 아니라 다른 영역의 문제니까요."

"당신네들은…… 뱀처럼 차갑지."

고동식의 이마에서 혈관이 부풀었다. 수액이 내려가는 튜브 속 액체에 그의 팔뚝에서 역류한 피가 섞였다.

"방금 저는 선친과 회장님을 판단하는 건 내 영역이 아니라고 했습니다. 그러나 내가 할 수 있는 일도 한 가지는 있지요."

"그게 뭐요?"

"난 회장님께 다케모토 히로와 만나길 권했습니다. 옛 동무를 그리워하는 한 인간의 순수를 신뢰했지요. 그러나 그게 회장님껜 상처가 되리란 걸 고려하지 못했습니다. 그 점 사과드립니다. 이게 지금 내가 할 수 있는 일입니다."

고동식은 잠시 눈을 감고 숨을 골랐다. 조금 차분해졌으나 그의 목소리는 여전히 어금니를 문 듯했다.

"전 교수님이 선한 마음으로 학수재에 찾아온 걸 압니다. 그런데도 역정을 낸 꼴이지요. 죄송합니다…… 겨우 이거란 말이오?"

죽음에 이르러서도 그는 필사적이었다. 그 집착은 가여우면서도 무서웠다. 어서 가버리라는 듯 그날 그는 한 번 감은 눈을 다시는 뜨지 않았다. 김 교수는 그의 뜻대로 병실을 빠져나왔고, 며칠 후 그가 죽었다는 소식을 들었다.

제자들과 익산의 한 식당에서 일 년에 한 번 하는 백숙 모임을 끝내고 귀가하는 길이었다. 항쟁로 양편은 지난겨울의 황량함을 털고 벼들로 싱싱했다. 속도와 효용만 있을 뿐 풍경과 사색을 허용하지 않는 27번 국도에 비해 항쟁로 변의 농가들은 도란거림 같은 미담을 켜 사이에 숨겨두고 있었다. 마당의 저 콤바인으로 자식을 키워 대처로들 내보냈지, 그런 것들. 새마을운동 시절의 블록 담장도 누군가의 삶을 집약한 흑백사진 같아 볼 때마다 새로웠다.

탑천 다리를 지나자 다케모토를 처음 만난 농로에 눈이 간다. 김 교수는 차를 세우고 잠시 그 자리를 내려다본다. 학수재에 다녀온 날인가. 어쩌면 다음 날이었는지 모르겠다. 요즘엔 매사가 부쩍 이런 식이다. 어쨌거나 고동식과 만난 일을 전달은 해야 할 것 같아 다케모토가 묵는 호텔에 전화를 걸었다. 그날 호텔 커피숍에서 만난 그에게 여비니 뭐니 하던 말은 생략하고 잘 계시다 가라던 말을 고동식의 당부인 양 꾸며 건넸다. 그러자 고동식과의 만남을 내심 기대하고 있었던지 다케모토의 얼굴이 어두워졌다. 그 순간 내면에 도사린 질문 하나가 불쑥 튀어나갔다. 동병상련 때문에 다케모토의 말을 대신 전해주러 갔다가 괜히 복잡한 일에 휘말렸다는 생각에 부아가 치민 탓일까.

"다케모토 씨, 당신이 찾아온 것은 고향입니까, 아니면 다른 무엇입니까?"

그 말은 마치 밖으로 뛰쳐나오려고 몸부림치던 칼날 같은 것이기도 했다. 누이와 마찬가지로 다케모토 또한 수없는 자살을 해버렸는지 모른다는 의구심. 군산을 에워싼 산봉우리와 들을 질러가는 금강, 바닷가의 동심이 아니라 내키는 일은 무엇이든 가능하게 해준 호사의 배후를 다케모토는 찾아보려고 한 게 아니었을까 하는. 근동 사람도 알지 못하는 탑천을 그가 일부러 찾아간 것은 일대가 부친의 농장이었기 때문일 텐데 하필 그곳에서 눈물바람까지 한 심사를 김 교수는 묻지 않을 수 없었다. 어린 시절을 난 곳과 나머지를 산 곳이 그의 가슴에서도 등가의 덩어리로 존재하는지 알아야 했다. 다케모토의 대답을 듣지 못한 김 교수는 내친김이라 한마디를 더 지르고 말았다.

"지금 우리는 중요한 일을 하려고 합니다. 물론 우리 민족이 이 꼴로 갈라진 것까지 따지고 싶지는 않습니다. 하지만 우리가 하려는 일을 당신네가 훼방 놓을까 겁이 납니다. 우리는 그게 너무도 무섭습니다."

다케모토는 속내를 드러내지 않는 특유의 조심스러운 자세로 자리를 지켰다. 눈은 깊이가 짐작되지 않는 곳에 가 있는데 정지화면이나 무슨 조형물처럼 생기가 느껴지지 않았다. 그래서인지 실제보다도 침묵이 길게 여겨졌다. 이윽고 그간의 호의를 잊지 않겠다며 한참 만에야 다케모토는 자리에서 일어나 고개를 숙였다. 이 일대를 찾아온 여느 일본인들처럼 그는 흔적을 남기지 않고 사라졌다.

집에 도착했을 때 아내는 못 보던 차림으로 거울에 옷맵시를 비춰보고 있었다. 후각을 잃은 후 그녀는 향수뿐 아니라 옷에도 열심이었다. 본래 옷매무새를 신경 쓰거나 차려입기 좋아하는 사람도 아닌데 냄새가 배는 것 같아 좋은 옷도 한 해 이상은 입지 못하겠다고 했다. 속옷은 더 말할 나위 없었다. 후각을 상실한 아내는 다른 쪽 감각이 평균보다 예민해졌는데 이를테면 작은 소리에도 잠에서 깨곤 하는 식이었다. 그렇지만 김 교수는 함부로 아내를 판단하거나 탓할 수 없었다. 옷이니 향수니 하는 불안한 욕망은 불가항력의 혹 덩이에 줄기가 닿아 있었다. 넝쿨이 아니라 혹이었다. 김 교수가 외출한 틈에 잠깐 입어본다는 것을 들키고 말았다는 듯 아내가 어색하게 웃었다. 그런 아내에게 김 교수가 제안했다.

"새 옷도 장만했는데 여행이나 다녀옵시다. 누군가 앓아눕기 전에."

"그럴까요?"

향수 냄새를 풍기며 아내가 우편물 두 통을 내민다. 편지를 받아 들고 서재에 들어와 돋보기를 꺼내 썼다. 첫번째 것은 고동식의 아들 명의였다. 학수재를 고영쇠와 고동식을 기리는 추모관으로 개조하기 위해 위원회를 꾸리는 데 참여해달라는 내용이었다. 장례식장을 찾아가 고동식을 조문하고 나올 때 익산의 병원에서 낯을 익힌 장남이 녹차 캔을 내밀며 잠깐 그 일을 언급하더니 실행에 옮길 모양이었다. 이것저것 재고 탐색하던 고동식과 달리 아들은 세련됐지만 거침없고 저돌적이었다. 누구 눈치 따위 볼 필요 없다는 듯 자신만만했다.

다음 편지의 발신인은 다케모토 히로의 아들이었다. 명함을 보고 편지를 쓰게 됐다는 그는 지병인 천식으로 얼마 전 아버지가 죽었다는 사실을 담담하게 서술했다. 한국에 다녀온 후 부쩍 말수가 적어지고 먼 데 보는 사람처럼 상념에 젖곤 하더니 계절이 바뀔 즈음 보리 이삭 이야기를 끝으로 눈을 감았다는 것이었다. 천식을 앓고 있었던가. 김 교수는 편지 뒷부분을 마저 읽었다. 아들은 혹시라도 김 교수가 고베를 방문하면 피난지였던 곳을 찾도록 도우랬다는 부친의 말을 소개했다. 통장에 남은 돈으로 그쪽 지리에 밝은 사람을 찾아보도록 했다는 당부도 적고 있었다. 오독을 한 건 아닌지 편지를 다시 읽어봤지만 같은 내용이었다.

김 교수는 손에 들린 두 사람의 죽음을 조용히 응시했다. 죽음으로 그들은 무엇을 매듭지었을까. 그러나 들쳐 일어서는 상념을 끊어내기로 했다. 그런 것들은 고동식이 말한 뱀처럼 차가운 존재가 고민하게 둘 작정이었다. 지금은 몇 남지 않은 친구도 만나고, 고서점을 드나들고, 그때 그 제자도 수소문해서 만나봐야 하니까. 민간인 신분으로 군대 영창에 끌려가고 복직한 뒤엔 무슨 무슨 조직에 회의다 뭐다 정신없이 뛰어다니던 사람을 뒤에서 꿋꿋이 지켜온 아내와 여행도 가야 하니까. 돋보기를 벗는데 문득 한 가지가 궁금해진다. 지금도 그 집 들보에선 뱀이 떨어지는지. 호박 넝쿨 걸린 담장은 아직 여전하며 그 계집아이는 정말 북으로 가버렸는지. 머리에선 점점 명사가 사라지고 몇십 년 전 일은 털끝까지 총천연색인데 어제 일은 까맣게 지워지곤 한다. 어제와 그제가 바뀌고 오후엔 오전에 한 일이 기억나지 않는다. 눈에 띄지 않으면 편지를 받았다는 사실 또한 잊고 살 게 뻔했다. 김 교수는 분리수거하듯 편지 한 통은 책상에 놓고 다른 하나는 휴지통에 버렸다.

군산, 적산가옥

칠십오 평 목조가옥을 리모델링하던 날 현장에는 현장소장
과 호준과 정 목수가 있었다. 군산시 월명동 주택가의 후미진
골목길. 발밑이 컴컴하고 더위 끝물인데도 서늘한 기운이 감
돌아 건물은 흡사 도깨비 소굴 같았지만 모기들만은 주인 행
세로 여념이 없었다. 일층 오십 평, 위층 이십오 평. 일제 때
지어진 가옥은 벌레 먹어 기둥밑동이 짜부라지고 처마는 V
자 모양으로 주저앉아 있었다. 곰팡이가 슬어 축축해진 나무
와 아무렇게나 널린 쓰레기 더미, 헐거운 지붕에서 떨어진 빗
물에 모기들은 서식했다. 그런 사실을 미리 알았던 듯 현장에
도착한 정 목수는 분홍색 토시를 말없이 호준에게 건넸다. 그
러나 정 목수가 건넨 것을 생각 없이 벽에 걸어둔 호준은 몇

방 쏘인 뒤에야 토시의 의미를 알아먹었다. 말이 목수지 사실
정 목수는 잡부나 다름없었다. 자질과 톱질은 어느 정도 할
줄 알지만 아직 치목을 할 정도는 아니었고, 이것저것 경험
이 많아 현장 일을 조금씩 두루 아는 정도였다. 그렇지만 자
신을 따르는 그를 현장소장은 목수라 불렀고, 딱히 시비할 이
유가 없어 사람들은 그를 정 목수라 불렀다. 그에 비해 건축
현장이 처음인 호준은 말 그대로 생짜 잡부에 불과했다. 목수
가 끌을 달라면 찾아주고 삽질이나 함마질에 철철이 불려 다
니며 때 되면 커피를 끓이는 존재가 잡부란 걸 이틀쯤 뒤 호
준은 눈치로 알았다. 같은 시각 구암동 제재소에서는 목수 세
사람이 기둥과 서까래를 켜고 있다고 했다. 군산에 있는 적산
가옥 리모델링 일은 그렇게 시작되었다.

　　그날 세 사람은 지붕에 남은 유리섬유 기와를 걷어낸 후 흙
을 털고 널과 서까래를 뜯는 일부터 시작했다. 소장과 정 목
수가 뒷간 지붕에 올라 기와를 걷어내는 사이 호준은 이층 창
턱에 걸터앉아 그들이 함마, 외치면 건네고 톱, 하면 찾아 내
밀었다. 소장이든 정 목수든 삭은 서까래가 주저앉으면 요추
가 탈골되거나 하다못해 발목에 실금이라도 갈 처지였다. 실
제로 소장은 비계에서 떨어져 앞니가 왕창 부서진 적도 있다
고 했다. 소장은 이런 일이 처음인 호준을 애초부터 지붕엔
올라오지도 못하게 배려했지만 이층 창턱에 걸터앉는 것만으

로도 그는 곧 땀범벅이 되었다. 소장과 정 목수는 걷어낸 유리섬유 기와를 건물 뒷마당에 픽픽 내던졌다. 아무렇게나 날아간 기와는 석류와 감을 각각 하나씩 매달고 있는 석류나무와 감나무를 피해 마당 모퉁이에 차곡차곡 쌓였다.

기와 밑에 두텁게 깔린 황토를 삽으로 파내고 빠루로 부순 다음 작대기로 쑤석거릴 때마다 먼지가 담장을 넘어 수공예품 판매점으로 날렸다. 싸리비를 든 호준 역시 창틀에 앉아 황토 알갱이를 지붕 아래로 쓸었다. 작업복과 작업화에 앉은 황토 먼지가 땀 밴 정글모에도 들러붙어 모자 테두리에 붉은 띠가 생겼다. 먼지는 골목을 지나 여염집 기와 위에도 물결 모양으로 쌓였다. 비가 내리면 비로소 먼지는 째보선창 앞 갯벌에 다른 켜로 퇴적되리라.

이층으로 올라가는 계단 밑에 임시 창고를 만들어 연장을 간수한 그들은 다섯시 무렵 월명회관으로 향했다. 소고기뭇국 외에도 항구도시의 식당답게 식탁에는 해물 반찬이 푸짐했다. 밥 먹기 전에 화장실부터 들러 고장 난 관악기 소리를 내며 코를 풀던 호준은 코에서 나온 붉은 덩어리가 선지인 줄 알고 깜짝 놀랐다. 코를 풀 때마다 콧물에 개어진 황토가 세면기에 흔적을 남겼다. 사람 콧속이 그렇게 넓다는 걸 그때까지도 그는 생각해본 적이 없었다.

구암동 제재소에서 나무를 켠다는 백 목수와 조 목수가 적산가옥에 나타난 날 뒤늦게 한 목수가 트럭에 목재를 싣고 왔다. 캐나다산 더글러스소나무를 켜 만든 기둥과 서까래, 지붕 널과 비늘판 널이 낡은 트럭에 실려 있었다. 먼저 와 있던 세 사람과 월명동 작업장에 처음 나타난 대목 셋이서 어깨에 기둥을 메고 영치기 영차 시끄러운 소리로 골목을 달렸다. 대목들은 제재소에서 짜온 우마를 작업장 빈터에 내려놓고 다른 공간에 졸대를 끼워가며 널을 쌓았다. 곰팡내 가득한 작업장에 목재가 쌓이자 솔바람 냄새가 났다.

맞춤한 곳에 연장을 늘어놓은 대목들은 기둥을 우마에 올려놓고 자질을 한 뒤 전기톱과 끌, 전기대패를 이용해 나뭇결을 다듬고 사개를 팠다. 성한 흙벽을 살리자는 건축주의 뜻을 좇아 소장과 정 목수와 호준은 벌레 먹은 기둥 옆 벽을 조심스레 털기 시작했다. 흙벽 전체를 터는 것쯤 함마질 몇 번이면 끝날 테지만 새것과 헌 기둥이 들고 날 자리에만 틈을 만드는 일이라 품이 배로 들었다. 벽에 받침목을 세우고 흙벽속 대나무를 칼과 톱으로 자른 후 황토벽을 떡 썰듯 오려내야 했다. 벽을 한꺼번에 무너뜨리고 새로 쌓는 게 편할 거라는 대목들의 의견에도 가급적 건축주의 의견을 수용하는 게 자기 역할이라고 소장은 고집을 부렸다. 덕분에 기둥 옆 바람벽을 주걱 따위로 께적거리는 일에 신경이 날카로워진 호준과 정 목수는 애꿎은 줄담배로 심화를 달랬다. 흙먼지와 톱밥 때문에 작업장 안은 흐릿했으며 나무를 켤 때마다 매캐한 냄새가 피어 코가 시큰거렸다. 비계를 오르내리며 기둥 옆 흙벽을 뜯어낸 호준이 다시 담배를 빼무는데 몽롱해진 시신경 속으로 연필 깎는 백 목수의 모습이 걸려들었다. 우마에 세운 연필을 슬슬 돌려가며 끌로 깎는 백 목수의 모습은 다른 배경을 압도하며 돋을새김처럼 솟아 있었다.

소장으로부터 목재가 들어왔다는 연락을 받은 건축주가 지인들을 대동하고 냉커피를 보온병에 담아 왔다. 대학교수 사모님이라는 건축주는 자기 친구들에게 어떤 공간을 어떻게 만들어 임대할지 일일이 손으로 가리켜가며 설명했다. 그녀는 소장을 불러 계단 위치는 저쪽으로 하고 화장실은 이쪽으로 내자며 설계도면과 상관없이 본인 의견을 주워섬겼다. 그녀가 뭔가를 묻기 위해 천장을 가리킬 때 블라우스가 들리며 드러난 옆구리에 사람들 시선이 모아졌다. 뜻하지 않게 그녀의 출렁거리는 살집을 보게 된 사람들은 성급히 연장을 들고 일에 매달렸다. 사모님과 지인들이 돌아가자 소장은 목재에 걸터앉아 담배를 피웠다. 원래 건축주는 하룻밤에도 수십 채씩 집을 지었다 허문다며 담배 연기 속에서 그는 중얼거렸다.

정 목수가 집에서 라디오를 가져왔다. 클래식 음악이 마음을 차분하게 한다는 한 목수의 의견을 존중해 호준은 KBS FM 클래식 방송에 주파수를 맞췄다. 전기톱과 전기대패, 원형톱 소리가 라디오에서 흘러나오는 선율에 섞여 현장은 불협화음으로 시끄러워진 콘서트홀 같았다. 전기톱이 콘트라베이스 소리를 낸다면 원형톱은 첼로, 나뭇결을 다듬는 전기대패는 비올라 소리를 냈다. 블록 벽을 터는 정 목수의 함마질 소리는 팀파니 소리처럼 둔탁했고, 소장은 카라얀처럼 인상을 찌푸리며 작업지시를 하고 다녔다.

그들이 달아놓고 밥을 먹는 월명회관 소고기뭇국은 임옥평야의 이밥과 궁합이 잘 맞아 먹고 나면 속이 따뜻해졌다. 집에서 출퇴근하는 정 목수를 뺀 일행은 세끼 밥을 모두 그곳에서 해결했는데 저녁에는 소주와 막걸리를 반주 삼아 피로를 씻었다. 술이 들어가야 근육과 관절에서 신호를 보내던 통증이 돌기를 거두며 퇴각했다. 그러나 술을 입에 대지 않는 백 목수는 남들 반주 마시는 시간을 아껴 게 눈 감추듯 밥그릇을 비웠다. 그는 숟가락을 놓자마자 상의 윗주머니를 뒤져 약을 꺼내 먹고는 벌떡 일어나 거리를 산책한 후 숙소로 돌아와 세탁기를 돌렸다.

월명회관 뒤편 골목에 다소곳이 들어앉은 기와집에서 그들은 기숙했다. 근대건축물이 많아 관광지로 각광받는 월명동의 급매물을 건축주가 매입하여 수리하려고 비워둔 터라 집은 사내들이 함부로 쓰기 좋았다. 저녁 열시쯤 숙소에서는 어김없이 강아지 앓는 소리가 아쟁 타는 소리처럼 흘러나왔다. 나중에 알게 된 일이지만 그건 낡은 세탁기가 돌아갈 때 내는 소리였다. 오백 원짜리 동전이 회전날개와 세탁통 사이에 박힌 뒤로 빨래를 돌리면 그 소리가 나게 됐다는 것이었다. 그 밖에도 새벽녘엔 금강 하구에서 날아오른 흑고니 떼가 생황 부는 소리를 냈고, 산까치란 놈이 빨래판 긁는 소리로 울었다. 옆집에선 수캐가 워렁워렁 바순 소리를 냈다.

조 목수의 손가락이 전기대패에 날아갔다. 그날은 아침부터 부슬비가 내려 휴업 여부를 고민하던 소장이 어쨌거나 약속한 공기가 있으니 일을 하자고 결단을 내린 날이었다. 습도가 높으면 기계도 감상에 젖고 전기가 사람을 찌를 뿐 아니라 나무도 연장을 타지 않아 보통은 쉬는 게 상례라 했지만 누구도 소장의 말을 거스르지 않았다. 여느 때와 마찬가지로 그날도 대목 세 사람은 우마에 기둥을 뉘어놓고 대패질을 하거나 톱과 끌을 먹였다. 습도 때문인지 연장 먹는 나뭇결 소리가 평소보다 날카로웠고, 여타 소음도 다른 날보다 데시벨이 높았다. 배전함의 누전차단기가 떨어져 사람들이 애를 먹는가 하면 주파수가 흔들려 라디오도 가끔씩 잡음을 토했다. 추적거리는 비를 보며 지분거릴 대상도 없이 혼자 마시는 싸구려 술 같다고 말한 사람이 누구였던가. 이런 날엔 파전에 막걸리가 제격이라며 위악적으로 헤헤거린 사람은 분명 호준과 한 목수였다. 그런데 실없는 말을 주고받던 두 사람의 얼굴에서 웃음기가 채 가시기도 전에 바이올린 소리를 내던 전기대패 소리가 뚝 끊어지더니 조 목수가 손가락을 싸쥐었다. 뭔가 공기가 출렁였다는 느낌에 사람들이 조 목수 쪽으로 시선을 옮겼을 때 붉게 물든 그의 실장갑 아래로 벌써 핏방울이 듣고 있었다. 작업장 안의 소리가 증발하자 연주가 중단된 콘서트홀처럼 비현실적인 정적이 빈자리를 채웠다. 현장 입구에 승용차를 댄 소장이 빨리 나오라며 조 목수에게 소리쳤다.

"쪽팔려서 이 짓을 어떻게 하지?"

손가락이 아니라 오직 그게 문제라는 듯 조 목수는 자리에 선 채 중얼거렸다. 그런 다음 우마 아래를 턱짓하며 손가락 좀 찾아보라고 이르더니 시르죽은 몰골로 현장을 빠져나갔다. 그가 사라진 뒤 남의 잘린 손가락은 차마 무서워 못 찾겠다며 백 목수가 물러서자 한 목수와 정 목수가 뱀딸기 같은 핏방울이 찍힌 대팻밥을 뒤적였다. 백 목수처럼 호준 또한 용기가 나지 않았으나 뭔가 찾는 시늉으로 우마 밑의 대팻밥을 걷어냈다. 조 목수의 손가락이 아주 달아난 건 아니며 손톱과 손가락 끝 살점이 일부 잘린 거라고 소장이 전화로 알려온 후 남은 사람들은 월명회관으로 몰려가 파전에 막걸리를 마셨다. 그날 술 대신 음료수를 마시던 백 목수가 불쑥 한마디 했다.

"개는 주인을 알아봐도 기계는 못 알아보는 법이거든."

조 목수가 이탈하자 작업 속도가 더뎌졌지만 그래도 썩은 기둥이 하나씩 교체되었다. 백 목수와 한 목수가 치목과 자질을 하고 사개를 파면 소장과 정 목수와 호준까지 달라붙어 썩은 기둥을 빼내고 새 기둥을 끼워 넣었다. 작업장 곳곳에 동바리를 세워 기울어진 보를 일으켜 세웠지만 기둥을 갈아 끼울 때마다 동바리 밑에 유압자키를 넣어 보를 들어 올려야 했다. 썩은 기둥을 빼낸 한 목수와 백 목수가 접이식 사다리에 올라가면 나머지 사람들이 초석에 대고 새 기둥을 세웠다. 한 목수가 위에서 사개와 들보의 홈이 잡혔다는 신호를 보내면 백 목수가 아래를 향해 외쳤다.

"함마!"

두 손으로 들기도 벅찬 함마를 호준이 사다리 위로 건네면 백 목수는 그것을 한 손에 쥐고 기둥윗동을 쳤다. 그러다 동바리 밑에 받쳐둔 유압자키가 무기로 변해 튀어 오를 때도 있었지만 백 목수의 함마질 몇 번에 기둥은 들보와 교접되었다. 대목들이 나이테와 옹이를 따져 사개를 팠으므로 세워질 때도 기둥은 물구나무를 서거나 위치를 바꾸는 법 없이 물을 빨아들이고 햇빛을 받던 캐나다 삼림 속의 자세와 방위를 그대로 유지했다. 그렇게 하루 두어 개씩 썩은 기둥이 교체되었다. 그러나 밖에서 보기엔 도무지 달라진 기색이 없어 적산가옥 보수공사는 쇠똥구리의 일처럼 더디게만 보였다.

일기예보와 달리 비가 툭툭 꽂히더니 갑자기 굵어졌다. 천막을 치기 위해 소장이 정 목수를 데리고 지붕에 올라갔으나 순식간에 빗방울이 천장을 뚫었다. 위에서 떨어지는 비를 그대로 방치하면 연장과 목재가 침습될 것 같아 호준은 삽을 찾아 땅을 팠다. 그러나 부서진 기와 조각과 돌멩이 때문에 삽날은 시원스레 박히지 못하고 퉁겨지기만 했다. 빗물로 옷이 흠뻑 젖는데도 물길이 만들어지기는커녕 낮은 곳부터 빗물이 차오르기 시작했다. 언제 다가왔는지 삽질하는 호준을 바라보던 백 목수가 슬그머니 삽을 앗아가더니 땅속에 날을 박았다. 그새 기와 부스러기가 사라지기라도 했는지 그의 삽질에 흙더미가 고분고분 딸려왔다. 호준이 군대에서 삽질 좀 한 모양이라고 농을 치자 백 목수가 웃었다.

"내가 원래 개잡부 출신 아뇨."

이번엔 호준이 웃었다.

"잡부면 잡부지 개잡부가 뭡니까?"

"개를 잡을 때 말요, 그렇게 순하던 놈도 한 방에 날리지 못하면 늑대가 됩니다. 눈빛이 파래져 송곳니를 드러내요. 아무리 대목이라도 잡부는 건들지 못하는 법입니다."

비에 젖은 몸으로 그 말을 듣던 호준은 어쩐지 백 목수의 지난 삶을 봐버린 기분이 되었다. 단 한 번 거르는 법도 없이 밥 먹고 나면 털어 넣던 주머니 속 알약이 그의 지난날이 아닐까 하는. 과거의 어느 지점에 박힌 울증과 광기가 주머니 속 알갱이가 되어 오늘날 그를 지탱하고 있을 거라는 확신. 어느 날이었던가. 누군가의 과수원 창고를 화실 삼아 그림을 그리던 호준에게 친구가 막걸리를 사 들고 왔다. 그가 찾아온 것도 모르고 호준은 모니터 속의 통장 잔고를 뒤적이고 있었다. 달리 돈 들어올 데도 없지만 때 되면 끼니 때우듯 그는 뜻없이 그 짓을 반복했다. 궁상맞은 잔고를 바라보던 호준이 문득 인기척을 느껴 돌아보았을 때 등 뒤에서 친구가 모니터를 넘겨다보고 있었다. 그 친구가 바로 이곳 적산가옥 리모델링 공사의 현장소장이었다.

건물 출입구 위에 걸린 부섭지붕을 떼어 새것으로 교체하는 대신 묵은때를 걷어내 다시 걸기로 했다. 다른 자재와 마찬가지로 부섭지붕도 삼나무를 썼는데 널이며 서까래가 아직은 쓸 만했다. 부섭지붕을 적산가옥 앞 골목에 눕혀놓고 사포를 끼운 그라인더로 때를 걷어내는 일은 호준이 맡았다. 목재에 눌어붙은 묵은때가 석탄 가루처럼 날리면 널은 검댕을 벗고 화사하게 살아났다. 하지만 그라인더 날을 세게 문지르면 목재를 파먹게 되고, 그렇다고 살살 다루면 먼지가 벗겨지지 않아 그 일도 보기처럼 쉽지만은 않았다. 특히 서까래와 널이 겹질리는 곳은 각이 가파를 뿐 아니라 서까래 사이가 촘촘해 작업 공간이 옹색했다. 별수 없이 자주 작업 위치를 변경하고 그라인더를 바꿔 쥐어야 했는데 거기서 문제가 생겼다. 작동이 완전히 멈춘 후 그라인더를 바꿔 들어야 하지만 호준은 잠깐 긴장을 놓쳤고, 손을 옮기는 사이 그라인더 날이 바지를 물면서 천을 째버린 거였다. 놀란 호준이 성급히 바지 속의 그라인더를 빼내고 보니 세로로 그어진 대퇴부의 속살 사이로 바늘에 찔린 자리처럼 핏방울이 비치면서 서서히 부풀고 있었다. 그 모습을 지켜보던 소장이 의약품 상자를 가져와 솜뭉치를 대고 호준의 대퇴부를 싸맸다. 목수들을 현장에 남겨두고 소장과 호준은 한참 거리를 헤맨 끝에 목조가옥 이층의 허름한 병원을 찾아냈다. 열 바늘 남짓 대퇴부를 꿰맨 후 병원을 나서며 호준이 피식거렸다.

"몸에 지네도 새겼겠다…… 그림이 안 되면 이상하지."

"아예 얼굴에도 죽죽 새기지 그러냐?"

마침 상량식을 하는 날이라 그날은 건축주가 현장에 오기로 한 날이었다. 현장으로 돌아가는 길에 소장은 사고 이야긴 입도 뻥긋 말라며 주의를 주었다. 소장은 자상하고 성실하던 초반의 태도와 달리 언제부턴가 건축주에게 조금씩 피로를 느끼는 듯했고, 책잡힐 빌미를 주지 않으려고 노력했다. 매일 전화를 걸어 그녀에게 일의 진행을 보고하던 그는 휴대폰을 이용해 사진을 전송하는 것으로 대신하는 날이 많았다. 그래선지 건축주는 지인들과 뻔질나게 현장에 나와 일의 진행 상황을 살폈다. 처음에는 꿀을 넣어 만든 냉커피를 보온병에 담아 오더니 다음엔 인근 커피숍에서 산 커피를 들고 왔고, 그게 차츰 편의점에서 산 아이스크림으로 바뀌다가 어느덧 빈손일 때가 많았다. 사람들은 그녀가 나타나면 인사를 마치기 무섭게 각자의 자리로 흩어졌지만 소장은 마뜩찮은 얼굴이나

마 그때마저 최선을 다해 설명하고 설득했다. 먼발치로 그런 소장의 모습을 보면서 현장소장 노릇은 해먹을 일이 못 된다며 한 목수는 혀를 찼다.

상량식 끝나고 건축주가 건넨 돈으로 그날 저녁 회식을 했다. 흥남동 근처 식당으로 몰려가 소고기를 시켜놓고 왁자하게 떠들며 권커니 잣거니 술을 들이켰다. 일 끝나면 귀가하는 정 목수도 그날은 합숙소에서 자기로 했고, 숟가락을 놓기 무섭게 어디론가 사라지던 백 목수도 청주 몇 잔에 얼굴이 벌게져 자리를 지켰다. 대퇴부에 지네를 새긴 호준 역시 소독하라며 내민 동료들의 잔을 훌떡훌떡 받아 마셨다. 내일 같은 건 없는 사람들처럼 식당 문 닫을 때까지 술을 부은 뒤에야 그들은 떼 지어 밤거리를 걸었다. 숙소로 가는 도중 한 목수의 손에 끌려 재봉틀이며 절구통 같은 게 무질서하게 진열된 술집에서 다시 맥주를 마셨다. 탁자에 빈 맥주병을 채운 뒤 다시 밖으로 나섰을 땐 행인이 끊겨 거리가 썰렁했고, 항구도시의 축축한 공기가 소름을 남겼다.

회식을 하기로 한 식당에 자전거를 타고 나타난 한 목수는 취기 때문에 타지도 못할 자전거를 끌고 가느라 애를 먹었다. 어느 현장을 가나 트럭에 자전거를 싣고 다닌다는 그는 저녁 끝내면 어김없이 시내를 쏘다니다 거나해져 들어왔다. 어느 날은 째보선창 앞 갯벌에서 망둑어를 낚아 숙소로 가져온 적

도 있었다. 비틀거리는 한 목수를 도와 호준이 자전거 핸들을
잡아주자 팔뚝에서 힘을 빼더니 그가 당나귀처럼 부르르 입
술을 털었다. 자전거 때문에 한 목수와 호준이 뒤처지는 사이
일행은 저 앞에 실루엣으로 멀어졌다. 한 목수가 흐린 눈으로
앞을 가늠하며 물었다.

"혹시 현장과 월명회관 사이에 있는 게스트하우스 알아요?
이름이 별이라든가 달이라든가."

한 목수가 말한 그 게스트하우스 커피숍에서 호준은 지난
번 비가 왔을 때 커피를 마시며 젖은 몸을 녹인 적이 있었다.
주인 여자는 머리에 새치가 많았는데 새치보다는 그녀의 발
목에 감긴 압박붕대가 인상적이었다. 호준이 게스트하우스
별을 안다는 의미로 그녀의 새치와 압박붕대를 언급하자 한
목수가 혀 꼬인 소리로 웅얼거렸다.

"지난번 군산야행 행사에 자전거를 타고 나갔다가 여자를
만났어요. 옛날 마누라 친구. 호준 씨, 나 이혼한 거 알아?"

그는 횡설수설했고, 이어진 이야기도 과거와 현재가 뒤엉
켜 가닥을 추리기 어려웠다. 그래도 듣다 보니 군산야행에서
만난 여자로부터 전처가 이곳에 산다는 말을 들었는데 게스
트하우스 별의 주인 여자가 그 여자라는 뜻인 듯했다. 그 이
야기를 전하는 한 목수의 목소리는 차분했지만 물기가 배어
축축했고 어두웠다. 요즈음엔 너도 나도 다 하는 게 이혼인데
그깟 게 무슨 대수라고 이 야단인지 납득하기 어려웠다. 어쨌

거나 전처의 친구로부터 그 이야기를 듣고 나서 평소 아무렇지도 않게 나다니던 길이 그는 무서워졌다고 했다. 밥 먹으러 월명회관에 갈 때도 자전거를 타고 먼 쪽으로 돌아서 가게 됐다는 것이었다.

"백 퍼센트 내 잘못이야, 백 퍼센트!"

전봇대 앞에서 그는 허리를 구부리고 토했다. 이혼이라는 지리멸렬한 과정을 거쳐 가는 동안이 그에겐 늑대의 시간이었을지 모르겠다 생각하며 호준은 한 목수의 등을 두드렸다. 식후에 거르지 않고 챙겨 먹는 백 목수의 알약처럼 그게 또한 그를 지탱하는 버팀목일지 모른다는 생각. 게스트하우스 별은 거뭇한 어둠에 잠겨 있었다.

일과를 마친 소장은 월명회관에서 저녁을 먹다 말고 건설사 사무실로 달려갔다. 오전에 나타난 건축주가 창문과 화장실 위치를 바꿔야겠다고 고집을 부리자 그건 자신의 권한이 아니라며 소장은 완강하게 고개를 저었다. 그러자 사무실에 나타나 설계도를 변경하자고 떼를 쓴다며 건설사 측에서 급히 와 달라고 도움을 청한 것이었다. 사실 소장과 건설사는 건축법 때문에 제휴를 맺었을 뿐이지 회사와 직원 관계는 아니었다. 현장과 관련된 책임은 건설사가 아니라 소장이 졌다. 리모델링 공사를 수주해온 사람도 소장이었고, 다른 현장에서 일하는 목수를 이곳 적산가옥에 불러 모은 사람도 소장이었다.

그즈음 건축주는 친구들과 현장에 나타나 신경질을 부리거나 자주 볼멘소리를 했다. 약속보다 더뎌지는 작업 속도가 불만인 듯했는데 조 목수가 부상을 당해 이탈한 만큼 공기가 늦어질 거란 설명에도 투정은 계속되었다. 물론 조 목수의 이탈 외에도 공기가 늦어지는 이유는 더 있었다. 흙벽 문제가 그랬듯 건축주의 요구를 들어주기 위해 쉽게 갈 일을 어렵게 풀 경우 일은 더뎌지게 마련이었다. 건축주가 전날 궁리한 것을 현장에 와서 관철시켜놓고 이튿날 원래대로 돌아가자 변덕을 부리면 목수들의 하루 품이 고스란히 날아갔다. 사람들은 건축주의 불만이 어디에서 시작되는지 몰라 혼란을 겪었다.

세탁기에서 들리던 강아지 앓는 소리가 멎고 도둑고양이 흘레붙는 소리로 뒷마당이 떠들썩할 무렵 소장은 숙소에 돌아왔다. 어디서 마셨는지 인사불성이 되어 몸도 가누지 못하는 그를 호준과 백 목수가 떠메다시피 이불 위에 부렸다. 소장은 자리에 들자 금세 코를 골더니 잠꼬대를 했다. 잠꼬대가 본래 논리 바깥쪽 말인 건 알지만 특히 그의 잠꼬대는 어려운 퍼즐 조각 같아 뜻이 맞춰지지 않았다. 그 비논리 사이로 끼어든 도시재생사업이란 말이 생경하나마 이채로웠다. 소장의 잇몸에서 송곳니가 자라는 건 아닌지 호준은 궁금해졌다.

서까래가 얹히면서 지붕 위로 작업장이 옮아가 호준은 비계를 타고 끓인 커피를 배달했다. 말 타듯 서까래를 깔고 앉거나 처마에 얹힌 널에 앉아 목수들은 커피를 마셨다. 산까치 두 마리가 쫓고 쫓기는 하늘은 잡티 없이 푸르렀고, 석류나무에 매달린 열매와 그 뒤 감나무에 하나씩 걸린 과일이 볕에 몸을 말렸다. 껍질이 벗겨진 자리에 더께가 앉은 석류나무는 뒤틀린 몸통에서 뻗은 두 갈래 가지 때문인지 세한도의 소나무를 연상케 했다. 건축주가 석류나무 때문에 적산가옥을 샀다고 자랑했을 만큼 못생긴 그 나무는 사람들 시선을 묶어두는 매력이 있었다. 하지만 그 늙은 석류나무도 옹위하듯 버티고 선 뒤편의 감나무 때문에 지난번 태풍을 견뎠겠구나 싶었다. 석류나무와 감나무는 마치 오래 산 시어머니와 며느리가 고부간인지 자매간인지 모르게 풍상과 갈등을 잊고 살아가는 모습 같았다. 창공 아래 석류는 선연했고 감은 처연했다. 그 색조의 대비가 환기시킨 계절의 실감에 억, 소리가 날 지경이었다.

산까치가 사라진 여백으로 검은 새가 호를 긋고 날아와 감나무에 앉았다. 나뭇가지가 흔들리자 새는 잠깐 위험에 사로잡혔으나 곧 안정을 회복했다. 눈동자는 곧았으며 몸에 암청색이 깃들어 녀석은 신비로울 뿐 아니라 늠름하고 위엄이 있어 보였다. 좌우를 살핀 후 날개 밑에 부리를 넣어 깃을 고를 땐 지난날을 갈무리한 자의 절도와 여유가 배어 나오는 듯도 했다. 사람들은 후루룩 소리가 날까 봐 커피를 마시지도 못하고 어정쩡한 자세로 새가 하는 짓을 바라보았다. 이윽고 그것이 고개를 들어 아르르르륵 목청을 돋웠을 때 지붕 위 사람들은 그제야 참았던 숨을 토했다. 준비동작에 이어 새가 비상한 후 감나무 가지가 오래 들썩였으나 날개를 펄럭이는 녀석을 좇아 사람들은 월명산 너머로 함께 날아갈 뿐이었다.

　지붕널 위에 단열재를 넣고 합판을 쳤다. 그런 다음 방수시트를 덮고 다시 합판을 치자 트럭에 기와가 실려 왔다. 지붕일을 끝낸 목수들은 창문 위 부섭지붕에 달라붙었고, 소장과 정 목수는 이층 바닥에 합판을 쳤다. 지붕에 올라간 와공들이 지붕에 기와를 올리는 사이 소장은 호준을 새로 온 미장이에게 붙여 흙벽을 보완하거나 새로 만들 것을 주문했다. 기둥이 세워질 자리만 떡 썰 듯 잘라낸 벽은 그새 이런저런 충격과 진동에 아예 넘어가거나 쓸모없게 된 것이 많았다. 벽을 터느라 함마질에 열중인 호준을 보고 정 목수는 흙벽을 지키려다 시간만 낭비했다고 투덜거렸다. 그러나 건축주는 본인의 간섭과 고집이 아니라 일꾼들의 무능력 때문에 일이 지체된다고 의심하는지 매의 눈으로 현장을 살피고 다녔다. 호준과 미장이가 벽을 땜질하거나 새로 만드는 사이 부섭지붕 일을 끝낸 목수들이 이번에는 완성된 흙벽에 단열재를 붙였다. 그 위에 합판을 치고 투습방지를 붙인 다음 비늘판 널을 걸기 위해 다시 합판을 쳤다.

일과를 마친 호준은 게스트하우스 별 커피숍에서 커피를 사 들고 숙소에 들어가 조금씩 아껴 먹었다. 그가 다른 커피숍 대신 게스트하우스 일층 커피를 고집한 이유는 그 집 예가체프가 입에 맞았기 때문이었다. 게스트하우스 주인 여자는 탁자에 앉아 무심한 얼굴로 뜨개질에 열중일 때가 많았는데 발목엔 붕대가 여전했다. 그날 호준은 커피가 흐르지 않게 조심하며 지름길 대신 현장 앞 골목으로 향했다. 기와가 올라간 후 잡부의 눈이 아니라 객관의 눈으로 적산가옥을 쳐다보는 버릇이 생긴 듯했다. 호준이 커피를 들고 골목으로 접어들자 담벼락에 세워진 한 목수의 자전거가 보였다. 한 목수는 막걸리 병을 든 채 화단 난간에 걸터앉아 등산복 차림의 노부부와 이야기를 나누고 있었다. 호준이 그들 곁으로 다가가자 때마침 이야기를 끝마쳤는지 노부부가 골목 안쪽으로 멀어져갔다. 호준은 화단 난간에 한 목수와 나란히 앉아 커피를 마셨고, 한 목수는 막걸리를 아껴 마셨다. 매일 이 시간쯤 자전거 산책을 끝낸 한 목수는 막걸리를 사 들고 화단 난간에 앉아 상념에 잠긴다고 했다. 낮에 한 일을 복기하면서 보완할 것이 있는지 따져보기도 하고 다음 일을 구상도 하면서 막걸리 병을 비운다는 것이었다. 그런데 같은 시각 매번 산책을 나가는 노부부와 낯이 익은 김에 오늘은 인사를 나누게 됐다고 방금의 상황을 설명했다. 그들이 뭐 하는 사람이냐 묻길래 적산가옥 복원공사에 참여한 목수라고 하자 영감은 반색하며 말문을 트더라

고 했다. 뭔가 또닥거리고 자르는 소리에 연일 귀가 시끄러웠
으나 적산가옥은 별반 변한 게 없어 고개만 갸웃거렸는데 도
깨비란 놈이 방망이를 휘둘렀는지 어느 날 날개를 펴고 날아
오르더라는 것이었다. 동네에 살면서 지금껏 수많은 적산가옥
복원공사를 목격했지만 이번 것이 단연 최고라며 영감은 한
목수의 등까지 두드렸다고 했다. 호준은 커피의 온기가 식어
갈 때까지 오래 앉아 건물을 쳐다보았다. 달빛을 받은 집은 정
말 물을 차며 날아오르는 한 마리 거대한 흑고니 같았다.

설비팀이 들어와 정화조를 묻기 위해 뒷마당에 구덩이를
팠다. 그날 건축주 사모님은 대학교수 남편을 대동했고, 기존
목수에 설비팀까지 더해져 현장은 북새통 한가지였다. 건축
주 사모님은 정화조 구덩이를 가리키더니 마당 가운데라 부
담스럽다면서 구석진 자리로 옮기자고 주장했다. 소장은 두
말없이 설비팀을 불러 이미 판 자리를 메우고 새 구덩이를 파
라며 맞춤한 자리에 금을 그었다. 굴삭기 기사가 순순히 구덩
이를 메우고 소장이 표시해둔 자리를 파기 시작했다. 굴삭기
가 굉음과 함께 꿈틀거릴 때마다 땅이 파이면서 버킷에 흙덩
이가 딸려왔다. 그 모습을 지켜보던 사모님이 갑자기 석류나
무 뒤편 감나무를 가리켰다.

"여보, 이거 없어도 되겠지?"

대학교수라는 사람이 잠깐 감나무와 석류나무를 살핀 후

고개를 끄덕였다. 감나무와 석류나무에 하나씩 매달린 열매는 새들이 파먹었는지 언제부턴가 보이지 않았다. 건축주가 감나무를 잘라달라고 요청하자 소장은 이마를 찡그렸으나 대꾸 없이 건물 안쪽에 대고 백 목수를 불렀다. 전기대패로 고재를 다듬던 백 목수는 딴청을 부리는 사람처럼 소장이 여러 번 불러서야 일손을 놓았다. 소장으로부터 지시를 받고 한동안 우두커니 서 있던 그가 마침내 임시 창고에서 전기톱을 꺼내 부르릉 시동을 걸었다. 백 목수가 톱을 들고 나서자 사람들은 일손을 놓고 뒷마당으로 우르르 몰려들었다. 전기톱 엔진에서 솟구친 매연이 날아가기를 기다려 백 목수는 천천히 감나무로 다가갔다. 톱날을 밑동에 대고 절반쯤 먹인 후 반대쪽에서 다시 날을 먹이던 그가 굴삭기 기사에게 나무를 밀라고 외쳤다. 톱날이 나무 속으로 사라질 무렵 굴삭기 기사가 버킷으로 나무를 밀자 슬로모션처럼 감나무가 넘어갔다. 교통사고가 날 때면 시간이 늘어지면서 차의 속도까지 느려지는 느낌이 드는데 그때처럼 감나무는 천천히 넘어가고 말았던 것이다. 마치 달 표면의 나무가 베어져 쓰러지기라도 하는 것처럼. 이윽고 백 목수가 능숙한 솜씨로 바닥에 누운 감나무 가지를 자른 후 몸체를 나누어 베었다. 방금까지 석류나무를 옹위하고 섰던 감나무는 순식간에 쓸모없는 토막이 되어 뒷마당에 뒹굴었다. 사람들의 시선을 의식한 백 목수가 상기된 얼굴로 전기톱 모터를 끄고 건물 안으로 사라졌다. 굴삭기가 흙을 파헤치자 이번에는 감나무 밑동이 뿌리째 뽑혀 하늘로 팔을 쳐들었다. 뒷마당에 널브러진 감나무 뿌리는 위용을 잃고 늘어진 산짐승처럼 어쩐지 적나라해 보였고 발가벗겨져 조롱당하는 것 같았다. 지난가을 정물의 일부가 되어 지붕 위에서 커피를 마시던 사람들은 토막 난 감나무와 뒤집혀 누운 감나무 뿌리에서 시선을 떼지 못했다. 그 감나무는 월명산에서 날아온 까마귀가 늠름하게 목청을 뽑던 바로 그 나무였다.

째보선창 선술집에서 술이 거나해진 호준이 도시재생사업에 관해 묻자 소장은 기억하기 싫은 일을 떠올린 사람처럼 눈살부터 찌푸렸다. 맨정신으로는 잠을 이루지 못하겠다며 막무가내로 잠든 호준을 끌어낸 건 소장이었다. 호준의 질문에 소장은 구도심의 낙후된 시설과 건물을 개보수하는 데 정부가 보조금을 지원하는 제도가 도시재생사업이라고 말했다. 공동화된 도심을 살리는 건 좋지만 그나마 낡은 건물 한 채도 가질 여력이 없는 사람들에겐 그 또한 그림의 떡 아니냐면서.

"큰 도둑 배 불리려고 강바닥 파헤쳤으니 이번엔 작은 도둑 해먹으란 소리지."

안주로 나온 밴댕이무침엔 손도 대지 않고 소장은 물처럼 소주를 마셨다. 건물에 따라 보조금은 오천만 원까지 지급되는데 이번 건축주는 건물을 삼등분해 등기하는 편법까지 동원했다는 것이었다.

"입만 열면 건축주는 공기 타령인데 그게 다 목수 일당 아깝단 소리야. 조 목수 일당 빠진 건 계산에 없는 거라구. 본인 돈은 빼고 보조금만으로 공사를 끝내겠다는 몰염치에 넌더리가 나."

잔을 비우며 이번에는 호준이 말했다.

"우월한 DNA의 기준은 번식이나 생존능력이 아니야. 돈과 미모지."

"인간의 진화는 왜 이리 무참한 쪽으로 선택됐냐?"

"빙하기가 오면 너 나 할 것 없이 다 죽어. 뭔 걱정이야."

"돈 가진 것들은 아예 이웃 행성으로 도망칠걸?"

"그깟 몇 놈, 친구도 없이 그러든 말든."

남은 술을 비우고 거리로 나선 그들은 부나방처럼 네온 불빛에 끌려 곰팡내 풍기는 노래방에서 목청을 돋웠다. 숙소로 돌아갈 땐 시무룩해진 그들의 머리 위에서 흑고니 떼가 끼룩거렸다. 골목에서는 수캐가 워렁워렁 짖었다.

병원에 입원한 모친이 위독하다는 연락을 받고 현장 지휘를 한 목수에게 맡긴 소장이 자리를 비웠다. 모친이 기력을 회복하면 내일이라도 출근하겠지만 여차하면 여러 날 자리를 비울 수도 있었다. 설비팀이 떠난 현장엔 처음부터 함께해온 사람들만 오붓하게 남았다. 소장이 현장을 뜬 후 대목 두 사람은 이층으로 올라가는 계단을 짜느라 악기 소리를 냈고, 호준과 정 목수는 일층과 이층을 오가며 바닥을 정리했다. 라디오에서 흘러나오는 선율과 연장 소리가 뒤섞여 현장은 현대음악을 공연하는 콘서트홀 같았다. 사람들은 현장에 틀어놓은 라디오 프로그램을 통해 간식 먹을 시간과 식사 시간을 가늠했다. 김미숙의 가정음악이 시작된 지 한 시간 남짓 되었을 무렵이니 열시쯤이었을 것이다. 이층에 있던 정 목수와 호준은 일층으로 내려오라는 한 목수의 목소리를 들었다. 두 사람이 비계를 타고 내려가자 한 목수와 백 목수 사이에 동창 모임에 나서는 차림으로 건축주가 서 있었다. 그녀는 호준과 정목수를 콕 집어 가리키더니 대뜸 집으로 돌아가라 일렀다.

"네?"

잘못 들었나 싶었다.

"낼부턴 나올 필요 없다구요."

소장의 어머니 상황을 전해 들은 건축주는 그의 부재를 틈타 일을 해치우기로 작정한 듯했다. 아, 그거였나. 어쩐지 그녀는 논리나 예절 따윈 통하지 않는다는 걸 각인시켜왔으며 실은 그게 예절과 논리라고 강변하는 듯했다. 예절이니 염치니 하는 거야 철 지난 넝마 같은 것이 아닌가. 하지만 호준에게도 하고 싶은 말은 있었다. 아직 받지 못한 노임에 대해서도 말하려면 할 수 있었고, 무엇보다도 당신이 감나무를 베었으니 이제는 저 석류나무도 죽게 될 거라고 외치고 싶었다. 그러나 현장에 돌아올 소장에게 나머지 일을 맡기기로 했다.

친구에게 부담을 주느니 일당이나 축내는 사람으로 취급되는 게 나았다. 요대를 벗어놓고 현장을 나서는데 등 뒤에서 정 목수의 목소리가 들렸다.

"현장에서 제게 지시를 내릴 사람은 소장님밖에 없습니다."

"이봐요 정 씨, 내가 건축주야!"

호준은 두 사람의 말다툼을 뒤로하고 골목을 벗어나 숙소로 돌아왔다. 작업복을 벗어 쓰레기봉투 속에 던졌다. 샤워도 귀찮아져 얼굴에 물만 바르고 외출복을 입었다. 이불도 쓰레기봉투 속에 쑤셔 넣고 싶었으나 화실로 쓰던 창고에서 걷어온 것이니 돌려놓아야 했다. 푸른색 비닐봉지에 침구와 베개와 잡동사니를 쓸어 넣었다. 어깨에 보따리를 메고 차를 세워둔 교회 주차장으로 가보니 정 목수가 담배를 피우며 서성이고 있었다. 호준과 인사를 하려고 기다린 눈치였다. 그들이 악수를 나누는데 현장 쪽에서 한 목수와 백 목수가 뛰어왔다. 백 목수는 숨을 몰아쉬며 소장이 나오거든 상황을 정리하고 옥천에 있다는 사찰 보수공사 현장으로 떠나겠다고 말했다. 그러나 자식 같은 이곳 적산가옥 공사를 어쨌든 마무리까지는 할 생각인지 한 목수는 몇 차례 입술을 달싹이다 그만두었다. 언제 다시 만나자는 말도 없이 손을 잡는 것으로 그들은 작별 인사를 대신했다. 호준은 그때 한 목수와 백 목수와 정 목수의 몸에 잿빛 털이 돋고 눈이 붉어지는 것을 보았다.

한없이 고독하고, 한없이 사려 깊고, 한없이 도발적인

─소설가 이광재를 말한다

김형수(소설가 · 시인)

　그해에 나는 스물아홉 살이었다. 훗날 '6월 항쟁'이라 명명할 엄청난 군중이 연세대에서 쏟아져 나와 굴레방다리를 건너간 이듬해일 것이다. 시청 앞의 뜨거운 인파 속에서 '영혼이 맑게 씻기는 느낌'이었다고 말한 문익환 목사님이 생각난다. 나도 그 무렵에는 꽤 맑고 단정한 정신으로 소설가 정도상, 평론가 백진기와 어울려 『녹두꽃』이라는 부정기 간행물을 내고 있었다. 우리가 만든 책이 나올 때마다 전국 대학가의 문학 서클이 들끓는 기분이었다. 동서남북을 가리지 않고 강연 요청도 쇄도했다. 서울 마포 어간에서 이렇게 소위 '굴레방다리 시절'을 구가했던 기억은 지금도 내게 지상의 나날을 아름답게 만든 '빛나는 한때'로 간직돼 있다.

내가 이광재를 만난 것은 그런 소란 속에서 『녹두꽃』 2호를 준비할 때였다. 편집위원들이 이구동성으로 그의 「아버지와 딸」을 싣자고 추천한 오후의 사무실을 잊을 수 없다. 나중에 정도상이 작가를 데려와서는, 전북대 캠퍼스에서 보컬 그룹을 결성했다가 그길로 동아리 회장이 되는 바람에 어쩔 수 없이 학생운동 지도자가 되었다고 소개했던가? 다들 어찌나 호들갑스럽게 환영했던지 유리창 밖에 펼쳐진 저녁노을이 몇 번이고 자리를 옮길 정도였다.

일제강점기도 아닌데 그 시절 사람들은 감방에 갔다 온 이를 만나면 다투듯이 반기는 풍습을 가지고 있었다. 녹두꽃 식구들도 증상이 심해서 이광재를 전쟁 통에 손을 놓친 막내아우를 만난 듯이 마구 끌어안았다. 나는 내성적인 편이라 타인의 울타리 너머를 좀처럼 침범하지 않는 축이었다. 방어벽도 심해서 누군가 성큼 대문을 젖히고 자아의 처마 밑까지 기어드는 따위를 얼마나 불편하게 여겼는지 모른다. 하지만 그 시절은 다소 자폐적인 가슴에도 드넓은 광장과 거대한 군중을 품게 하는 시대적 흥분과 열광이 있었다. 특히 녹두꽃 일대에서는 문익환 목사를 어른으로, 김근태 의장을 큰형님쯤으로 모시는 자라면 누구든 가리지 않고 곧장 거리의 일가친척 같은 동류의식을 나눠도 되었다. '동지'라는 신파적 표현도 스스럼없이 남발하고 다들 여차하면 독립투사들이나 겪을 만한 활극의 순정도 열연할 수 있었다.

그 과잉된 낭만주의 속에서 내가 이광재와 유독 친밀감을 나누게 된 사연은, 이 인간에게 장착된 '인내천'의 감수성을 여러 차례 감지한 데서 비롯될 것이다. 사람과 사람이 접촉할 때 발생하는 상처는 반드시 있어야 하면서도 늘 힘겨운 업보이다. 더구나 내향적이거나 문화적 입맛이 까다로운 사람은 언제나 불완전하고 산만한 세상을 헤쳐가면서 얼마나 많은 상처를 마주해야 하는지 모른다. 천지에 가득 찬 생명 현상계 안에서도 순정을 다치거나 사랑을 잃는 사고만큼 뼈아픈 일들은 누구도 해결할 수 없는 사태라 그저 운명의 탓에 돌리기도 한다. 이광재가 천부적으로 타고난 재능은 그 상처들 속에 인간의 존엄이 감춰진 지점을 예리하게 읽어내는 이상한 덕목이다. 굳이 알려주지 않아도 그는 남의 민감한 부위를 무시하거나 성가시게 만드는 무례를 절대로 저지르지 않는다. 보고 또 봐도 타인의 성소(聖所)를 함부로 어지럽히지 않는 천성을 나는 그의 고유한 작가 기질로 이해하고 너무나 좋아했다.

그런데 이광재의 매력은 여기에 그치지 않고, 또 다른 '반전의 무기'를 장착했다는 데 있다. 그것은 타의 추종을 불허하는 '돌발성'인데, 그는 우리가 살아 있는 생물체로서 약동해야 할 지점을 만나면 예비 동작 없이 곧장 '슈팅'해버린다. 평소에 내성적인 인간이 정서적 해방이 필요한 순간에 느닷없이 좌중을 폭소에 빠트리는 장면을 천재 광대가 아니고서는 도저히 연출할 수 없을 것이다. 그것도 혼자만 신명나는 게 아니라 일행 전체를 도가니 속에 빠트리는 마법이라니. 나도 졸지에 걸려든 사례가 한두 번이 아닌데, 실제로 잔치판이 벌어질 때 이광재에게 마이크를 맡기면 제아무리 수줍음을 타는 짐승도 꽁지를 뺄 재간이 없다. 맙소사. 영물들의 가장 예민한 속살을 그토록 서슴없이, 마치 멧돼지가 고구마 밭을 쓸고 가듯이 헤집어놓을 수 있다니! 그래서 경향 각지의 문청(文靑)이 모여들 때 우리의 눈빛이 얼마나 기고만장했을지는 길게 말할 나위가 없다.

안타까운 노릇은 그 아름다운 '왕년'이 그다지 오래 머물지 못했다는 점인데, 1989년이면 이미 문명사적 전환기가 시작되고 있었다. 이십세기는 저물고 이십일세기는 아직 오지 않은, 고로 시대적 관능이 꺼진 '암전의 연대기'가 펼쳐질 때, 요망하게도 세상 한쪽에서는 베를린 장벽이 무너지고, 인터넷이 출현하며, 복제 생명이 태어나는 중이었다. 그 걷잡을 수 없는 첨단의 현상들 틈새에서 부정기문예지 『녹두꽃』도 지고, 계간지 『노둣돌』 체제로 전환되었다. 우리는 속절없이 마포를 떠나면서 묘비명도 없이 청춘의 무덤을 남겼다. 얼마 안 지나서 굴레방다리에 갔다가 그 황량함을 못 이기고 술주정하듯이 읊은 투정이 나의 마지막 즉흥시가 아니었을까 싶다.

홍분도 희열도 깡그리 없었네
진기랑 도상이랑 규태랑 봉옥이랑

더불어 노래하던 희망도 떠난 곳

더불어 꿈꾸었던 태양도 타버린 곳

나 만나면 하나씩 꽃망울 터지듯

웃음꽃 가득가득 피우던 벗들도

없었네 없었네

굴레방다리

　

각자 흩어져 사는 동안은 꽤 쓸쓸하고 힘들었다. 나는 말을 더듬는 증상이 다시 도졌고, 신체의 기력이 소진되어 저잣거리에 머무는 시간을 최대한 줄였다. 제풀에 목이 쉬는 매미처럼 혼신을 바쳐 우짖던 신체 에너지조차 깡그리 고갈되어 거리에서 쓰러지는 횟수가 많아졌다. 급기야 세상의 외진 마을로 피난을 나설 상황이 됐으니, 우선 고향집 어머니에게서 응급용 기력을 보충한 다음에 조용히 한적한 데를 떠돌며 체력을 충전했다. 순천에서 한 달, 광주에서 한 달, 그러다가 전주쯤에서 얼마간 처박혀서 급한 숙제를 마치면 좋겠는데 마땅히 은거할 장소가 없었다. 그냥 포기하고 상경할까 하다가 나는 느닷없이 광재에게 전화를 걸어서 며칠 재워달라고 했다.

그의 집에서 신세를 진 기간이 한 주일인지 두 주일인지 생각나지 않는다. 중요한 사실은 다들 빈털터리 신세라 불가피하게 그의 사생활 공간을 침범할 수밖에 없었다는 점이다. 그때만 해도 우리는 혁명기의 '김삿갓'처럼 고뇌하는 제3세계

지식인을 자처했으니 무일푼으로 방랑하는 처지를 명예로 여기던 터였다. 내 아내의 진단에 의하면 그런 철딱서니 없는 작가정신을 앞세우는 자는 하나같이 금치산자에 속한다. 또 광재는 그런 불치의 병세가 나보다 훨씬 깊은 중증 환자였다. 어떻게 하면 좋은 소설을 써볼까 하는 궁리밖에 없었으므로 광재의 아내야말로 무거운 짐을 떠맡은 부역자에 속했다. 그리하여 친정아버지의 회사에 기사로 취직하여 일한다든가? 하여튼 그런 사역으로 이 속수무책의 글쟁이를 양생하던 터라 우리는 밥상머리에 앉으면 한없이 무거운 벌을 받는 죄수의 심정으로 꿇어앉는 수밖에 없었다. 오호애재라!

처량한 달빛 아래에는 딱 그에 맞는 풍광이 흐드러지기 마련이다. 어느 날 내가 광재에게 우리 같은 신세들에게 가리개가 될 만한 우스갯소리 하나를 가르쳐주었다. 어쩌다가 문단 어르신들에게 귀동냥한 너스레인데, 가로되, 아파트 가격이 평당 얼마쯤 해야 좋을까 하는 사소한 문제들은 아내들이 정하고, 셰익스피어가 잘 썼는지 로런스가 더 잘 썼는지 하는 중차대한 문제는 우리가 정해야 하잖아! 그리하여 이런 한심한 영장류의 가운데 토막에 속한 사실을 전혀 부끄러워할 줄 모르는 채 우리는 또 불우한 한때를 유쾌하게 건너는 데 성공했다.

그리고 얼마 안 되어서 나는 다시 아내 앞으로 호송되어 뒤늦게나마 철드는 시늉에 여념 없었다. 비록 직장은 안 가졌지만, 알량한 돈벌이를 외면하지 않고 이 일 저 일 매달렸다. 일상은 언제나 초라하고 마음은 한없이 분주했다. 하루도 허둥대지 않고 지나가는 날이 없었다. 쓰고 싶은 이야기는 산더미 같은데 환경도 재능도 받쳐주지 않았다. 그러다 좀 공허하다 싶을 무렵이면 광재가 어떻게 알았는지 위문 전화를 보내고는 했다. 내가 받을 때도 있지만 못 받을 때도 있었다. 나 대신에 아내가 전화를 받으면 광재는 밤 열두시가 되어서도 내가 받을 때와 똑같이,

"저 노래 한 자리 부를게요."

하고는, 마치 무대에 오른 가수처럼 천연덕스럽게 노래를 부른다고 한다. 유선전화기가 무선전화기로 바뀐 후에는 노래방에 들어가 반주를 틀어놓고 불러주는 때도 있었다.

그런 노래 솜씨를 여기서 대놓고 왈가왈부하기는 곤란한 바가 없지 않다. 재능이 짧아서가 아니라 그 반대여서 늘 소설을 팽개치고 달아날지 모른다는 불안감을 주는 수준이었다. 실제로 그는 소설에 매달려야 옳은지 노래를 부르는 게 마땅한지 알 수 없는 아슬아슬한 경계에 놓인 존재였다. 그래서 제법 감칠나게 목청을 뽑고 나면 나의 아내도 희열이 생기는지 며칠은 즐거워한다. 나도 밤 깊은 시간에 귀가해서 그 소식을 듣고 나면 군소리 없이 가슴이 따뜻해져서 이상한 보람에 취하곤 했다. 기특한지고, 우리 광재!

그리고 한동안 소식이 뜸했던가? 때로는 울분도 힘이 된다. 마치 발동기가 돌다가 헛바람을 뿜어내는 것처럼, 증기기관차가 내부에 쌓인 김을 푹푹 쏟아낼 때 내는 것 같은 소리를 달고 사는 날이 얼마쯤 되었는지 모르겠다. 이광재는 사회운동 단체에 근무하기도 하고 학원 선생을 지내기도 했다. 그러다 언제 동학에 입도하여 녹두장군의 자취를 뒤지기 시작했는지 일필휘지로 전봉준 평전을 집필하더니, 내친김에 『나라 없는 나라』를 써서 마침내는 혼불문학상을 받게까지 되었다. 얼씨구! 근대적 유토피아가 모두 사라지고, 신자유주의의 파문이 일어서 미학 세계에서조차도 다들 화려한 탐닉의 물살에 익사하는 시대에 저 홀로 도도한 돛배처럼 떠서 민족사 최고의 지도자가 실패한 뒤끝을 추적하고 다니는 이 고독한 '영혼의 엔지니어'를 상상해보라. 시대가 어떻게 변하는지 모른다고 한심하게 여기는 세태를 등지고 나는 제법 충정이 담긴 마음으로 응원하고는 했다. 그리고 그런 속에서 내가 이광재를 '지극히 편향되고 사적인 그리움을 나누는 동지'라고 말할 수 있는 시절이 다시 찾아왔다.

그토록 건강하던 아내가 말기 암 판정을 받은 것은 12년 전이다. 곧바로 수술에 들어가고 예후가 좋지 않아서 항암 치료에 매진하느라 서울을 떠야 했다. 나는 비상 국면을 맞아서 예술과 꿈에 속하는 것들을 포기하고 도회지 바깥을 향하여 탈주하기 시작했다. 계룡산을 거쳐서 부여에 닿은 건 10년 전이다. 그리고 3년이 채 안 되어서 아내가 투병에 실패했으니 나는 졸지에 천하를 잃은 '독거노인' 같은 신세가 되었다. 부여와 전주는 그리 먼 곳이 아니다. 당연히 광재가 찾아오게 되었는데, 우리는 마주 앉으면 딱히 필요한 대화가 많지 않았다. 그냥 서로가 숨 쉬는 사실을 확인하는 것만으로도 위로가 되었다. 그러면서 나와 광재가 상호 식민지 백성 같은 동포의식을 누릴 수 있는 것은 아마도 '불치의 금치산자 기질' 외에도 잡식성의 유행가 체질을 가진 까닭일 것이다. 우리는 만나면 화려한 세상의 응달에서 스러져간 한물간 노래를 찾아서 듣는 일에 몰두했다.

나는 몽골에서 『조드』를 쓰던 시절에 나 홀로 인터넷을 이용해 자그마치 '나는 가수다'를 기획했던 이야기를 참을 수 없게 된다. 모국어도 통하지 않고 친구도 없는 오지에서, 에라, 이미자, 남진을 필두로 배호, 김추자, 조용필 등 한 시대를 풍미한 온갖 명창들을 멋대로 심사하여 순위를 꼽아보는 객기를 부리기 시작했느니라. 기십, 기백 명의 노래를 한사코 까탈을 부려가며 챙기느라 몇 날 며칠을 세우고도 다 끝낼 수 없었다. 그때 마지막까지 탈락하지 않고 남아서 최종 성좌에 오른 절창이 김정호의 「목포의 눈물」이었음이야.

이광재가 우리 집에 오면 나는 그 어처구니없는 일을 자랑하면서 밤늦도록 유튜브를 뒤지고, 이광재는 예의 캔 맥주를 훌쩍거리면서 듣고 싶은 노래를 청한다. 신중현의 미발표 음원에서 「미련」과 「저무는 바닷가」를 골라 음미하기도 하고, 지상에 가득 찬 수백 곡의 「해 뜨는 집」에서 단연 압권을 보이는 박인수 버전의 뒷골목 영어 노래를 칭송하기도 하며, 또 배호나 주현미가 다시 부르는 계몽기 가요들을 감상하기도 한다. 탕웨이의 「꿈속의 사랑」, 박인희의 「떠날 때는 말없이」는 이광재가 찾아준 버전이고, 남진의 목소리로 듣는 「초우」, 여든네 살의 쟈니리가 복면가왕에서 열창한 「바보처럼 살았군요」는 내가 추렴한 노래였다. 뚱딴지같은 얘기지만 나는 이것이 우리들의 문학적 교분이었음을 감출 수 없다.

그때 우리가 나눈 교감들은 말하자면 김지하의 '율려' 같은 것일 수 있었다. 노래는 대지 위에 얹힌 모든 경계를 넘어 다닌다. 개체와 개체의 경계, 집단과 집단의 경계, 사회와 사회의 경계, 동물과 식물의 경계, 삶과 죽음의 경계에도 스미는 걸 어찌할 수 없다. 그리고 그런 시간을 나누다 보면 우리처럼 허튼짓을 좋아하는 이웃들이 가끔 주변에 꼬이기도 한다. 귀향한 산악인 김필중, 지상의 마지막 오랑캐 이영산, 전주의 묵자 유생 소춘수…… 또 그러다 보면 내가 마음껏 장광설을 작렬해도 앞뒤 없이 찬탄하기를 멈추지 않는, 이승에 몇 안 되는 '사적 결사체'가 형성되어, 초저녁이면 불빛들이 사라지는 시골 읍내를 뒤져가며 노래방 순례를 결행하는 때도 있다. 그렇게 변방의 기운생동에 젖어 지내던 어느 날이다. 우리가

'녹두꽃' 시절에 만난, 우리와는 비교도 안 되게 근엄하고 위대한 '혁명가 양(樣)'을 과시하던 한때의 명사 깜냥들이 '뉴라이트'라는 이름으로 플라스틱 광채를 과시하고 있을 때 이광재가 제법 통렬한 노래를 들고 와서 우리에게 선보였다.

> 야 봉숙아 말라고 집에 드갈라고
> 꿀발라스 났드나 나도 함 묵어보자 (묵어보자)
> 아까는 집에 안 간다고 데낄라 시키돌라 케서
> 시키났드만 집에 간다 말이고
> 못 드간다 못 간단 말이다 이 술 우짜고 집에 간단 말이고
> 못 드간다 못 간단 말이다 묵고 가든지 니가 내고 가든지

위대한 삼류 '장미여관'이 열창하던 「봉숙이」의 데카당스! 나는 여기서 광재가 겉으로는 즐거움을 낳기 위해 청승을 떨지만, 속으로는 우리들의 고독을 달래느라 찾아낸 절묘한 '쌈마이'의 본질을 곧장 알아들었다. 그것은 늘 '신파극'을 연민했던 나의 탐미 기질과 동류의 것이었다. 옳거니! 나는 그의 도발을 아낌없이 찬양했다. 한국의 문화상품들이 지배자의 감정 기호로 애용하는 어법이 경상도 사투리이다. 이 노래는 거기에 한술을 더 떠서 문화 사대주의의 노른자위를 강타한다. 프랑스어 발음이 음악적이라고 했던가? 그걸 패러디한, 느끼하기 그지없는 발성으로 천박의 바닥을 긁는 내용을 이

광재가 어찌나 구성지게 풍자하는지, 나는 이때 밀려드는 통쾌한 반전과 전복으로 한층 깊어진 그의 미의식을 극구 찬탄했다.

"오메, 군가가 좋아부네. 이광재의 「봉숙이」가 베르나르도 베르톨루치의 「파리에서의 마지막 탱고」보다 훨씬 깊어불구만이. 밑바닥이 안 보인당게."

모름지기 작가라는 칭호는 세상에서 주목받고자 하는 조급함을 거세하고 항용 초연할 줄 아는 느림보에게 주어진 작위일 것이다. 누가 상을 타고, 어떤 책이 잘 나가는지, 요즘 인기 있는 트렌드는 무엇인지 하는 정도는 애저녁에 졸업한 '도꾼'이 되어야 글쟁이의 호흡을 일관되게 유지할 수 있다. 물론 거기에 꼭 훼방을 놓는 자들이 없지 않다. 세상은 언제나 천태만상의 기운이 약동하는 장소이니, 그토록 외롭고 허전했던 시기에, 문명의 낙오자가 되는 걸 전혀 두려워하지 않던 세대의 복판에서도 민망한 얼굴을 앞세우거나 출세가도를 도모하여 자신의 가치를 훼손하는 이들이 속출하고는 했다. 대한민국의 헌법 전문은 분명히 3·1운동과 4·19와 5·18이 하나의 물결임을 밝히고 있는데도 아랑곳하지 않고, 4·19 세대가 5·18 세대의 적으로 돌변하고, 5·18의 영혼들이 촛불 세대의 적으로 돌변하는 놀라운 자기 배반이 비일비재했다. 그 앞에서 지성적 자의식이 급속히 황량해지는 사태를 방비하는 방법은 김소월의 「진달래꽃」을 반복해서 읊는 수밖에 없었다. "영변의 약산 진달래꽃 아름 따다 가실 길에 뿌리오리다. 가시는 걸음걸음 놓인 그 꽃을 사뿐히 즈려밟고 가시옵소서."

하지만 명백한 정치적 공해를 견디는 일은 어렵지 않으나 천박한 명예욕이 예술의 영토까지 범람하는 건 쉽지 않았다. 잠시도 쉴 틈이 없이 물량 공세를 퍼붓는 문화적 네온사인들, 그 엄청난 빛 공해들은 어떻게 견뎌야 할까? 이때 분비되는 감정은 좀 부끄러운 것에 속해서 함부로 드러낼 수도 없다. 그 속에서 아무도 알아주지 않는 소설에 묶여 사는 세월이 이광재로서도 한심한 적이 하루 이틀이 아니었을 것이다. 특히 그처럼 단단하고 야무진 문체가 유지되려면 잠시도 긴장을 풀지 않고 정진하지 않으면 안 된다. 나는 그의 '쌈마이 정신'에 늘 영감을 얻고는 했다. 자기를 무너뜨리는 것은 자신이다. 스스로 무너지지 않는 사람을 무너뜨릴 수 있는 폭력은 없다. 인간의 존엄은 그 내부에서 넘쳐 나오는 것, 이를 지키기 위하여 그는 금치산자의 누명을 벗지 못하면서도 오늘도 여전히 외로움을 견딘다. 실제로 그가 세속적 탐욕에 빠지지 않기 위해서 열심히 부르는 「봉숙이」의 가락 속에 한없이 정갈스럽고 한없이 깐깐한 이광재의 소설 문체가 살고 있다. 그래서 그의 산문에는 외로움과의 싸움에서 언제나 승리하는 자의 내공을 부여하는 광활한 대지가 따라다닌다.

그래서 하는 말이지만, 그의 세계는 한없이 고독하고, 그의 행동거지는 한없이 사려 깊으며, 그의 예술적 감정은 한없이 도발적이다. 또 그래서 하는 말이지만, 이 한심한 일상을 우리가 축복처럼 받아들이게 된 게 언제부터인지 모르나 두려울 것도 없다. 이제 와 돌아보매 『녹두꽃』에 그의 소설을 발표할 때 이런 날이 평생 갈 줄 알았을까? 몰랐지만, 꽤 길게 왔고, 앞으로도 갈 것 같다. 아마도 평생이 될지 모르지만, 나도 광재도 그것을 후회할 기미는 조금도 없어 보인다.

　지난겨울에 낯선 고장의 건설 현장에서 일했다. 회사 대표인 친구의 요청이 있었고 생활비도 필요했다. 어둠이 빽빽한 새벽에 일어나 외국인 노동자를 싣고 갔다가 다시 어둠이 내리면 숙소로 돌아왔다. 친구가 건넨 내복을 태어나 처음 입었지만 뼛속에 든 추위는 해동되지 않았다. 그런데 얼마간 생활을 해보니 더 견디기 어려운 건 소음이었다. 콘크리트를 부수고 구멍을 뚫는 소리, 쇠를 절단하는 소리, 각종 장비들이 돌아가며 내지르는 쇳소리. 시냇물 소리와 대숲 흔드는 소리, 새들의 지저귐이나 잘 조화된 소리들이 그리워 음악을 듣다가 잠들곤 했다.

　하루는 일터가 있는 난향동의 건축 자재를 가락동에 전달하라는 요청을 받았다. 날은 추웠고 동트기 전의 어둠은 물러날 기미가 없었다. 트럭에 자재를 싣고 낯선 고장의 길들을 내비게이션에 의지해 운전하는데 낡은 트럭의 엔진음과 내비게이션의 AI 음성밖에는 들리지 않았다. 그날따라 공복감이 속을 찔러 따뜻한 커피와 빵 한 조각의 위로가 필요했다. 그러나 그 새벽에 문을 연 커피가게는 있을 턱이 없고 생전 처음인 길 때문에 신경이 곤두섰다. 공사 진행구간에서 내비게이션은 무용지물이고 길 중간에 무슨 요금소가 다 있었으며 복병처럼 터널이 나타나고 큰 화물차들이 휘청 바람을 일으키며 내 트럭을 추월해갔다. 그 바람에 변방에서 올라온 나는 그야말로 촌놈처럼 졸아붙어 운전대를 움켜쥘 뿐이었다. 잡아먹을 듯 질주하는 차들을 보며 새벽바람에 눈 부비면서도 무엇 때문에 사람들이 그 속도를 유지하는지 망연해졌다. 그리고 엉뚱하게도 세상이 망해버렸으면 좋겠다는 디스토피아적 생각을 했다. 그러다 다시 시작될 세상이란 실은 나를 전제로 성립한다는 생각에 쓴 입맛을 다셨다. 생각을 고쳐먹었다. 망할 것은 세상이 아니라 인류여야 한다고. 지구와 달의 궤도를 바꿔놓고 태양계와 우주까지도 망쳐버리고 말 인류.

신이 가짜라는 걸 뻔히 알면서도 이익이 발생하면 믿는 척 근엄한 아양들을 떤다. 지구의 대기가 오염되든 말든 자본은 이익이 발생하면 그만이라는 태도다. 대기가 망가지면 망가질수록 공기청정기니 뭐니 만들어 팔 수 있으니 지화자 좋구나

다. 전쟁을 수행할 로봇을 만들고 운전과 수술을 로봇이 대신하게 될 세상을 진보라고 떠들며 사람들은 과학기술을 입에 달고 산다. 서구의 모든 방식을 인류의 준범으로 여기면서도 굶주린 자들의 손에서 알갱이 몇 알을 빼앗지 못해 안달한다. 어느 날 원시림을 간직한 공원에서 주인공이 조깅하는 서양 영화를 보면서 분노한 적이 있다. 즈이들은 저렇게 사는구나.

번드레한 가식을 세련이라 칭송하고 삶의 속살을 드러내면 거칠다 말한다. 구석에 틀어박혀 세상을 다 짊어진 양 쏟아내는 앓는 소리들이 창궐한다. 동구권의 붕괴 후 평화가 왔다고 기고만장하더니 전 세계가 전쟁으로 몸살을 앓고 핵무기 사용 운운하는 말도 봉인 풀린 듯 언급된다. 인간의 탐욕이 도리어 칭송받는 이 물질문명 시대에 자본의 중력에 끌려 삶이 화염에 휩싸이는 일을 경계하며 살아가기란 그러니 얼마나 어려운가. 이러한 인류세의 끝자락에서 작가의 삶을 살기로 한 내가 대체 누구인지 이제는 도무지 알 길이 없다. 사과나무를 심겠다는 어느 서양 철학자의 멋 부린 말도 제대로 위안이 되지 않는다. 그렇지만 용렬한 재주에도 불구하고 이런 세상에서 작가로 살게 된 건 얼마나 큰 행운인지.

오래전에 신인 작가로 몇 편의 소설을 쓴 이후 근 이십 년간 글을 쓰지 않았다. 그러다 다시 쓰기 시작해 몇 편의 소설을 썼으니 작가로서 나는 여전히 신인인 셈이다. 그런데 이번에 여기저기 발표한 단편을 묶으면서, 올 하반기에 펴낼 예정작까지 포함해 어쩐지 여기까지가 신인으로서 한 매듭을 짓는 것 같다는 생각을 한다. 신인 태를 벗는다는 의미에서가 아니라 장편에 비해 단편집을 묶다 보니 새삼 어떤 각별한 느낌이 밀려오는데 예상치 못한 낯선 감정이 그런 생각을 하게 만든 것 같다.

단편들을 묶으면서 세상 모든 빚진 이들을 생각한다. 세상 모든 고마운 이들도 생각한다. 책을 만들어준 출판사도 고마운 이들 중 하나다.

2024년 봄

수록 작품 발표 지면

늦대가 송곳니를 꽂을 때 _『문학들』 2018년 봄호

먹을 만큼 먹었어 _『마지막 식사』(예옥, 2017)

매머드 _『아시아』 2022년 봄호

386번지 _『문장웹진』 2021년 4월호

달 세 개 뜨는 행성 _『개벽신문』 83호(2019)

검은 바다의 기억 _『문학의 오늘』 2018년 가을호

군산, 적산가옥 _『여수작가』 7호(2019)